앤티크 숍 THE MOON

달꽃

목차

프롤로그	6
예쁜 여자	9
재물 귀	55

■ 프롤로그

 시끌벅적 대학로 뒷길. 사람 많은 길 위에서 조금 안쪽 골목길로 하얀 문이 보인다. 고풍스러운 앤티크 숍으로 보이는데, 그곳으로 산속 암자에서나 볼법한 까까머리의 동자승이 쏙 들어간다.
 여러 종류의 장식품, 장신구들이 조명 빛을 받아 반짝이지만, 살짝 먼지가 쌓인 것이 장사가 잘 되지는 않는 듯하다.
 그 뒤, 테이블에 앉아 커피를 마시고 있는 30대 중반의 한 여성. 평범한 얼굴. 예쁘지도 못나지도 않은 평범한 얼굴이지만 건강해 보인다. 앉아 있던 의자에서 일어나, 방글방글 웃고 있는 동자승을 향해 표정을 풀고 웃어 보인다.
 "사장님~!"
 "오냐오냐~! 잘했다."
 "아직 아무 이야기도 안 했는데요?"
 "뭐든지! 일단 잘했다."
 동자승의 까슬까슬한 머리를 애정 어린 손길로 쓰다듬으며 "상 줄게."라고 중얼거린 후, 간식이 잔뜩 들어 있는 상자를 뒤적거렸다.

"복아 멀리는 나가지 마. 이유는 알지?"

복이라고 불린 동자승은 "네."라고 대답하고는 간식 상자에 얼굴을 박고 킁킁 냄새를 맡기 시작했다.

행복한 표정으로 손에 들려준 사탕을 까먹으며 동자승은 못다 한 이야기를 마저 했다.

"곧 손님 오십니다!"

"오냐, 알았다."

'자…. 어디 한번 손님 맞을 준비를 해볼까?'

사장이라고 불린 여자는 자리에서 일어나 카운터 뒤쪽으로 들어가 작은 쪽문을 열었다.

특이한 구조다.

쪽문 안쪽으로 작은 마당. 그 마당을 가로질러 옛날 시골집 같은, 신발을 벗고 올라가는 툇마루가 있고 하나의 문은 2미터가 훨씬 넘어 보이는 커다란 여닫이문. 그 옆으로 고개를 숙이고 들어가야 할 정도로 작고 낮은 미닫이문.

아니. 애초에 밖에서 앤티크 숍처럼 보이는 곳 안쪽에 이런 허름한 한옥이 있다고? 누가 봐도 폐가, 아니 흉가다.

쪽문을 활짝 열고 문 앞으로 발걸음을 옮긴다.

딸랑.

가게 문이 열리며 손님이 들어온다.

"어서 오세요. 기다리고 있었습니다."

예쁜 여자

1.

 같은 학교 CC인 준영과 소영은 최근 인기를 끌고 있는 폐가 체험을 가기 위해 준비를 하고 있었다. 인터넷 동호회에 가입한 후 단체로 폐가 체험을 하는 코스를 둘러보고 있었다. 요즘은 상업적으로 이렇게 여행패키지처럼 참가비를 내고 언제든 팀을 짜 갈 수 있는 코스가 여럿 있다. 여자 친구 소영은 나름 담이 세다고 자부하지만 역시나 단둘은 무섭다며 팀으로 가길 원했다. 준영은 이왕이면 밤에 폐가 탐방 후 새벽엔 서울로 돌아와 집에서 쉬고 싶었기에 가까운 곳의 코스가 없나 찾는 중이었다.

 "서울 방연동… 여기 어때? 같은 서울이고 새벽 첫차 타든가 택시 타고 집에 올 수 있는 거리야. 6명 선착순. 여기 가자!"

 들고 있던 과자를 준영의 입에 쏙 넣은 후, 소영은 모니터로 고개를 들이밀었다.

 "좀 비켜봐."

 준영이 일어난 의자에 자리를 잡고 앉아 내용과 폐가 사진을 훑어보기 시작했다.

"우와. 서울에도 폐가가 있네? 땅값 비싼 서울에서 몇 년간 방치되어 있는 곳이니… 진짜 귀신 나오는 거 아니야? 여기로 결정하자."

"이리 나와 봐. 얼른 신청하자. 6명 모집이라 지금 바로 해야 해."

참가 톡은 보냈고. 참가비 2만 원. 둘이 합쳐 4만 원. 입금을 하려는 순간. 준영이 고개를 돌려 소영에게 말했다.

"4만 원. 좀 아깝지 않아? 서울 방연동 폐가라면 왠지 검색하면 주소 찾을 수 있을 것 같은데? 그냥 우리 둘이 다녀올까? 4만 원은 갔다 와서 치킨이랑 맥주 사먹고."

"싫어. 무서워. 그래서 같이 가는 동호회로 알아본 거잖아."

소영의 겁먹은 얼굴에 준영은 히죽 웃으며 알겠다고 작게 중얼거리며 입금을 완료했다.

"재밌겠다."

"나 SNS에 올리게 사진 잘 찍어줘."

준영과 소영은 농담을 주고받으며 모니터 안의 폐가 사진을 들여다보았다.

다음 주 토요일 밤 12시.

방연동 폐가 앞에서 덩치가 있는 20대 중반의 남자가 하얀 깃대를 흔들며 사람들을 모았다.

"뭐야, 저거 하얀 거. 저거 무당집 앞에 꽂혀있는 흰 천 단 나무막대기 아니야?"

짧은 바지에 흰색 스니커즈를 신은 한 여자가 옆의 다른 여자에게 소곤소곤 말을 걸었다.

"그러게, 주최자가 준비 많이 해왔네. 하하. 나름 공포 분위기 조성하려는 거 아니야?"

주최자와 남자 셋 여자 셋이 닫혀 있는 대문 앞으로 모였다. 아까 소곤거리던 여자 둘이 친구, 저 남자 둘도 친구.

"커플은 우리만 있나 봐."

소영이 준영에게 작게 말했다.

"그러게, 하긴 데이트로 폐가 체험하는 커플은 많지 않을걸?"

준영이 작게 말하며 커플 티를 내듯 소영의 손을 꼭 잡았다.

"그건 그렇고… 서울 안에 폐가가 있다고 해서 신기했는데… 주택가 빌라촌이었네."

재개발이라도 들어가는지 을씨년스러운 분위기와 텅텅 비어있는 골목의 느낌이 살짝 몸을 움츠리게 만들었다.

"여자들은 혼자 이 근처 지나면 위험할 것 같네."

소영의 말에 준영은 다시 한번 손에 힘을 주어 꼭 잡았다.

주최자는 흠흠 목소리를 가다듬고 말을 시작했다.

"안녕하세요. 전 안내를 맡게 된 김정현입니다. 나이는 비밀입니다. 하하. 자 일단 부적을 드릴 테니 주머니에 잘 넣어 주세요."

김정현이 준 부적을 하나씩 나누어 갖고 각자 주머니, 가방 등에 넣기 시작했다.

"가방 말고 최대한 몸 가까이에 넣어주세요. 몸을 지키는 호신부인데 가방에 넣으면 효과가 없어요."

소영의 옆에 서 있던 여자가 허둥지둥 가방에서 부적을 꺼내 바지 주머니에 다시 넣었다. 고개를 숙였다 들며 소영과 눈이 마주친 여자는 생긋 눈웃음을 지어 보였다. 소영도 웃으며 살짝 웃어 주었다.

그 뒤로 간단한 주의 사항을 들은 뒤 각자 준비한 플래시를 들고 대문 앞에 섰다.

살짝 감도는 긴장감.

"자, 들어갑시다. 제 뒤를 따라오세요."

덜컹. 녹슨 대문이 열리고 어둠이 차올랐다.

2.

요즘 자꾸 시선이 느껴진다. 컨디션이 좋지 않아서인가? 자꾸 누가 쳐다보는 느낌이 들어 뒤를 돌아보면 아무 것도 없다.

소영은 침대에 누워 폰 게임 중인 준영에게 고개를 돌렸다.

"준영아. 나 여기 무서워."

"응? 뭐라고?"

"여기! 네 방이 무섭다고!"

"갑자기?"

준영은 이해가 안 된다는 말투로 소영을 올려 보았다. 얼마 전부터 소영은 준영의 원룸에 놀러 오면 계속 무섭다거나 소름 끼친다 등의 말을 했다. 처음에는 폐가체험을 다녀와 그 기분이 남아서인가라고 생각했다. 처음엔 그래그래 하고 맞장구쳐주던 준영이었지만 좋은 말도 한 두 번이지. 올 때마다 저러는 소영이 이해가 안 됐다. 오늘은 짜증마저 난다.

"나가자. 나가서 놀자. 진짜 누가 나 쳐다보는 것 같단 말이야."

'아… 진짜…….'

"그만 좀 해! 그러면 내 집에 뭐 귀신이라도 있다는 말이야? 그렇게 있기 싫으면 집에 가면 될 것 아니야!"

갑자기 큰소리를 내며 짜증을 내는 준영을 소영은 당황한 얼굴로 쳐다보다 이내 얼굴을 붉혔다.

"나 갈게."

"……."

쾅 닫힌 문을 바라보며 준영은 짜증을 내며 침대 위로 벌렁

누웠다. 그리고 그대로 잠이 들었다.

스르륵… 스르륵…
'무슨 소리지?'
스르륵… 스르륵…
'눈을 감고 있는데 어떻게 방안이 보이지? 꿈인가?'
스르륵… 스르륵…
소리가 멈췄다.
'뭐야 꿈인가? 몸이 안 움직여.'
간신히 눈동자를 움직여 대각선 방향의 부엌 옆 현관으로 눈을 돌렸다.

현관에… 검고 하얗고 빨간 것이… 나를 향해…
타타타타타타타!

너 나 보이지? 너 나 보이지? 너 나 보이지? 너 나 보이지? 너 나 보이지? 너 나 보이지?

너 나 보이지? 너 나 보이지? 너 나 보이지? 너 나 보이지? 너 나 보이지? 너 나 보이지?

너 나 보이지? 너 나 보이지? 너 나 보이지? 너 나 보이지? 너 나 보이지? 너 나 보이지?

준영의 코앞까지 얼굴을 가져다 댄 그것! 눈에 담기 힘들 정도의 속도로 미친 듯이 고개를 흔들던 그것의 움직임이 갑자기 뚝 멈추었다.

그러나 곧바로.

너 나 보이잖아!!!!!!!!

준영은 그대로 기절했다.

* * *

"야 이준영 언제까지 잘 건데? 전화는 왜 안 받아?"
"소…소영이?"

시끄러운 벨소리에 무의식적으로 폰을 들고 귀에 댔다. 화가 난 소영의 목소리에 두 눈이 번쩍 떠졌다.

'꿈이었나?'

준영은 침대에서 벌떡 일어나 현관으로 달려갔다. 아무것도 없다. 역시 꿈이었나.

"야!! 이준영!! 너 나 무시해?!"
"아, 미안 미안……. 소영마마 어제는 소인이 정말 잘못했습니다. 노여움을 푸시지요."

긴장이 확 풀려서인지 뭐든 좋았다. 꿈이라 다행이라 느끼며 안심된 기분에 소영의 기분 맞추는 것도 기분이 좋았다.

"그래. 알았어. 어제는 나도 미안해. 너는 거기가 사는 집인데 내가 자꾸 이상한 말해서."

"우리 이따 저녁에 영화 볼까?"

"그래. 내가 너희 집으로 갈게."

저녁 데이트 약속을 잡고 준영은 기지개를 켜며 창문 쪽을 바라봤다. 날씨가 좋다. 어젯밤 현관 앞에서 기어다니다 갑자기 준영의 얼굴 바로 앞까지 달려와 핏발선 눈으로 계속 같은 말을 반복하던 하얀 얼굴. 생각만 해도 소름이 끼쳤다.

'그게 가위눌림인가?'

꿈이라 다행이라고 생각하며 열린 커튼 사이로 들어온 아침 햇살에 눈살을 찌푸렸다.

"눈부셔."

차르륵. 커튼을 닫고 냉장고로 향했다.

'올 때가 됐는데?'

시간 약속에 철저한 소영이 늦는다. '거참 이상하네'라고 생각하며 전화를 하기 위해 폰을 드는 순간.

깜박깜박.

'저건 또 왜 저래?'

전화를 하기 위해 들었던 폰을 손에 들고 현관으로 나갔다.

깜박깜박.

천장의 센서 등이 깜박깜박 불이 들어왔다 나갔다 아주 가관이었다. 그 순간.

"준영아! 나야! 얼른 나와! 빨리 나와!"

현관문을 쾅쾅대며 소영이 소리를 질렀다.

"얼른 나와!! 나 무서워!!"

"?"

혹시 오다 변태라도 만난 건가? 준영은 문을 열기 위해 급하게 손잡이에 손을 올렸다.

나 예뻐?

"!"

'뭐?'

다리가 후들거리기 시작했다. 설마. 이 목소리는… 어제 그 목소리가… 맞다.

"준영아 미안, 갈래! 더 이상 못 있겠어!!"

탁탁탁 소영이 계단을 뛰어 내려가는 소리가 멀어짐을 느끼며 준영은 그 상태 그대로 몸이 굳어버렸다. 센서 등이 미친 듯 깜박이기 시작했다. 어스름 날이 저물고 아까 쳐놓은 커튼 때문에 더 어두운 원룸 안. 센서 등만 반짝이고 있었다.

나 예뻐?

준영의 얼굴 옆으로 하얀 달덩이 같은… 검고… 하얗고… 빨간… 입이 귀까지 찢어져 새빨간… 긴 혀를 물고 있는……. 검고 긴 머리의… 하얀 얼굴.

그것이 준영의 어깨에 얼굴을 올리고 준영 쪽으로 고개를 휙 돌렸다.

나 예뻐? 나 예뻐? 나 예뻐? 나 예뻐? 나 예뻐? 나 예뻐? 나 예뻐? 나 예뻐? 나 예뻐?

나 예뻐? 나 예뻐? 나 예뻐? 나 예뻐? 나 예뻐? 나 예뻐? 나 예뻐? 나 예뻐? 나 예뻐?

나 예뻐? 나 예뻐? 나 예뻐? 나 예뻐? 나 예뻐? 나 예뻐? 나 예뻐? 나 예뻐? 나 예뻐?

나 예뻐? 나 예뻐? 나 예뻐? 나 예뻐? 나 예뻐? 나 예뻐? 나 예뻐? 나 예뻐? 나 예뻐?

엄청난 속도로 고개를 좌우로 흔들며 말하는 얼굴. 귀가 찢어지는 고통을 느끼며 준영은 쓰러졌다.

뛰어서 건물 밖으로 나온 소영은 울음을 터뜨렸다. 준영이 걱정되지만, 지금은 너무 무섭다. 소영은 사람들이 많이 걸어 다니는 큰길 쪽으로 뛰기 시작했다.

3.

"아… 네! 네! 안녕하세요. 저 이소영 맞습니다. 네네."

소영은 아침 일찍 걸려 온 전화에 화들짝 놀랐다. 한 번도 뵌 적 없는 준영의 어머니. 이렇게 이른 시간에 어머니께서 전화를 거신 거라면 이유는 뻔했다. 이준영. 준영에게 문제가 생긴 것이다.

그날 집으로 돌아온 소영은 톡으로 준영에게 헤어지자고 말했다. 톡이라니. 예의고 뭐고 필요 없었다. 다시 준영을 보고 싶지도 그 집으로 가고 싶지도 않았다.

그날 이후 준영에게서 연락은 오지 않았다. 그리고 2주일 후 준영 어머니의 전화가 온 것이다. 준영의 부모님은 충청도에서 과수원을 하신다. 요즘 한창 바쁠 때인데, 때 되면 내려와 일을 돕던 아들 녀석이 연락이 되지 않아 걱정이 되서 물어 물어 소영에게까지 전화를 하신 것이다. 소영은 할 말이 없었다. 아니 말해도 아무도 믿어주지 않을 거라 생각했다.

준영의 집 앞. 건물 3층을 올려다보는 소영의 표정이 어둡다.

– 소영아 우리 준영이 집에 한번 들러줄래? 미안해, 아줌마가 너무 걱정이 돼서 그래. 부탁 좀 해도 될까?

'그래. 나도 걱정되고. 한번 얼굴 보고 말해보자. 그날 내가 본 게 뭔지.'

소영은 긴장으로 손바닥에 맺힌 땀을 바지춤에 탁탁 닦고 계단을 올랐다. 마지막 계단을 올라 3층 복도로 들어선 소영은 엄마에게 선물 받은 묵주 목걸이를 손에 쥐었다. 땀으로 손바닥이 미끌거려 혹여나 놓칠까 봐 두 번 손에 감고 302호로 향했다.

띵동

탕탕탕!

"이준영! 거기 있어?"

인기척이 느껴지는데 나올 생각을 하지 않는다. 분명 안에 사람이 있는 것 같은데……

"준영아! 너희 어머니께서 연락 안 된다고 걱정하셔! 야! 이준영! 너 괜찮은 거 맞아?!"

소영은 가만히 한 발짝 물러나 기다렸다. 하지만 준영은 나오지 않았다.

깜박깜박.

'낮인데?'

낮임에도 갑자기 301호 위쪽에 붙어있는 센서 등이 켜졌다 꺼졌다를 반복한다. 무섭다. 마치 여기서 당장 나가라는 경고 등인 것 같다.

"이준영! 부모님께 당장 연락드려! 난 갈 거야!"

소영은 쫓기듯 계단을 내려와 큰길로 뛰기 시작했다.

* * *

괴산 ~ 서울

버스 터미널.

'얼마 만인지 모르겠네.'

먹고살기 바빠 아들이 뭐 하고 사는지도 모르고 지냈다. 순둥이 막내라 제 형들에 비해 손이 안 가 더 신경을 못써줬다. 선자는 버스 짐칸에서 큰 보따리를 내려 한 손에 단단히 잡고 지하철역으로 향했다.

여전히 통화가 되지 않는다. 핸드폰에 저장해 놓은 원룸 주인과 미리 이야기가 되어 함께 올라가 문을 열어주기로 했다. 소영이 말대로라면 집에 사람 기척은 있었다는 건데…, 원룸 입구에 통화한 원룸 주인아주머니가 서 계셨다.

"안녕하세요. 바쁘신데 폐를 끼치네요."

"아니에요~! 준영이 학생 어머님 시골에서 올라오시느라 힘드셨겠어요. 자 일단 올라가시죠."

집주인과 선자는 살짝 긴장한 듯 302호 앞에 섰다.

"준영아! 엄마야! 얘!! 이준영!!"

집주인은 선자에게 고갯짓을 한번 한 다음 마스터키를 가져다 댔다. 또로롱 하는 소리가 들림과 동시에 철컥 문을 열었다.

'이…이게 뭐야?'

선자와 집주인은 현관 앞에서 경악을 금치 못했다. 집주인은 더 관여하기 싫다는 듯 얼른 밖으로 나가버리고 선자 혼자 현관에 우뚝하니 서 있었다.

깜박깜박. 선자의 머리 위로 센서 등이 깜박거리기 시작했다.

"준영아? 막둥아?"

바닥을 뒹구는 쓰레기들. 뭘 먹고 살았을까 생각이 들 정도로 비쩍 마른 준영이 속옷 바람으로 이불을 끌어안고 침대에 앉아 있었다. 눈에 생기가 없어서 선자는 혹시 앉아서 죽은 건가라는 생각까지 들었다.

"준영아! 정신 차려!! 엄마 왔어!! 얘!!"

흔들흔들 선자의 손길에 힘없이 흔들리던 준영의 눈이 선자의 눈과 마주치자 갑자기 빛을 발했다.

"엄마! 엄마가 어쩐 일이야? 혼자 왔어? 전화를 하지. 내가 데리러 갔을 텐데."

갑자기 쫑알쫑알 말을 해대는 아들의 모습에 선자는 두려움을 느끼고 살짝 물러났다.

'내 아들이 아니야.'

일단 옷을 입히고 병원부터 데려가야겠다는 생각에 선자는 준영이 꼭 껴안고 있던 이불을 잡아챘다.

그 순간.

"아아아악!!!"

선자의 비명에 문밖에서 보따리를 지키고 있던 집주인이 얼른 키를 대고 들어와 방으로 뛰어 들어왔다.

"무슨 일… 아악!!"

비명을 지른 두 여자의 눈에 보인 것은.

하얀 이불을 둘둘 말아 윗부분을 끈으로 묶어 동그란 얼굴 형태를 만들어 사람의 형태로 만든 이불인형. 립스틱인지 매직인지 모르겠지만 커다란 까만 눈, 찢어질 듯 시뻘건 입이 눈 옆까지 그려져 있는, 괴기스런 이불인형. 옷도 입혀 놓아 사람 같은, 사람 같지 않은 그 이불인형을 준영이 소중하게 꼭 껴안고 쓰다듬으며 말했다.

"엄마. 인사하세요. 제 색시예요. 예쁘죠? 흐흐"

4.

선자는 자신이 제대로 찾아온 것이 맞는 지 의심을 품고 하얀 문 앞에서 서성댔다. 집주인이 써준 주소가… 여기가 맞는데…, 아무리 봐도 신당 같지 않다.

'다른 곳으로 옮겼나?'

슬쩍 들여다본 가게는 예쁜 소품을 파는 소품가게로 밖에는 보이지 않았다.

'다른 곳을 찾아야 하나… 큰일이네…….'

선자가 발걸음을 돌려 골목길을 빠져나갔다. 뒤에 동자승 하나가 쪼로록 따라가는 것을 모른 채.

복이라고 불린 동자승은, 문을 열고 들어오는 선자의 뒤에서 손가락으로 그녀를 가리키며 "헤헤"하고 웃어보였다. 방금 전 돌아가던 선자가 잠시 멈추어 서서 누군가와 통화를 한 후, 다시 발걸음을 돌려 가게로 들어온 것이다.

"자, 들어오세요. 이쪽으로 들어오세요."
 문 사장이 앞장서 카운터 뒤의 쪽문을 열었다.
 작은 마당… 전형적인 한옥의 ㄷ자형 구조. 마당을 지나 허름한 한옥의 툇마루를 밟고 올라섰다. 사장이라는 여자가 큰 여닫이문 옆 작은 미닫이문을 열고 들어간 뒤, 선자도 그녀를 따라 방 안으로 들어갔다. 머리를 숙이고 들어선 방 안에는 먼저 들어가 앉은 사장이 보였다.
 사장의 뒤편으로 천장까지 닿아 있는 큰 장식장. 그 안으로 잘 정돈된… 막걸리??
 일반적인 당집을 생각했던 선자는 예상외의 방 안 모습에 조금 어리둥절했다.
 '잘못 찾아온 거 아니야?'
 라고 생각하며 집주인의 말을 떠올렸다.

 - 준영이 학생. 저거 저거 분명 귀신한테 홀렸어요! 틀림없어! 제가 잘 아는 사람이 있는데… 이런 원룸 갖고 임대업 하다 보면 자

살이라든가 동티라든가 따지는 게 많거든요. 그래서 저도 물어물어 알게 된 사람인데. 용해요! 한번 가보세요.

- 네! 거기 맞아요! 소품가게 사장이에요.

방안 상석 자리의 커다란 방석이 비어 있다. 그 옆으로 비스듬히 무당처럼 보이는 여자가 앉아 있다. 선자는 내어진 손님용 방석에 앉아 눈 둘 곳을 찾다 빈 큰 방석으로 눈길을 줬다. 그리고 분명 보았다. 통통하던 방석이 마치 누가 앉듯 푸욱 꺼졌다. 헉하는 소리를 삼킨 선자를 향해 무당으로 보이는 여자가 입을 열었다.

"참고로 저는 무당이 아닙니다. 문 사장으로 불러주세요. 자, 이제 사정 좀 들어 볼까요?"

선자에게서 이제까지의 이야기를 들은 문 사장은 고개를 끄덕였다. 그리고 아무것도 보이지 않는 허공을 향해 말을 걸었다.

"심하게 감겼나 본데요."
"그러면 여기서? 아님 그곳에서?"
"할 수 있겠어요?"

허공을 대고 혼자 이야기하던 문 사장이 선자를 쳐다보며 말했다.

"그럼, 아드님은 지금 그 집에 계신 건가요?"

"네. 힘이 얼마나 센지 여자 둘이 뜯어내 보려고 해도… 못 했어요. 그 소름 끼치는 이불 더미를 안고 방문까지 걸어 잠그고… 급하게 오는 길이에요. 제발 좀 도와주세요."

　문 사장은 고개를 끄덕이며 작은 계산기를 꺼내더니 탁탁 두드리고는 선자에게 보여줬다.

"네. 알겠습니다. 출장비 포함… 이 가격입니다. 50% 먼저 입금해 주시고. 일이 다 끝난 뒤 7일 안에 나머지 50% 입금하시면 됩니다.

5.

　302호 앞. 문 사장은 혀를 쯧쯧 찼다. 이미 귀취가 온 복도에 퍼지고 있었다. 귀취가 나는 걸로 보아하니… 객사귀인가…….

　문 사장은 가지고 온 오색 천 묶음을 꺼내 문밖 현관 손잡이에 묶었다. 냄새… 귀취는 마스크를 써도 소용이 없는 편이지만 사람들이나 귀신 앞에서 표정을 감추기 좋기에 편의상

쓴다.

일 처리의 첫 번째는 기선제압.

문 사장은 눈에 힘을 넣고 집 안으로 들어갔다.

신발도 벗지 않고 들어간 문 사장은 방문에도 오색 천을 감고는 손잡이를 돌렸다. 선자의 말과는 다르게 문은 잠겨 있지 않았고 등 뒤로 문을 닫으며 문 사장은 준영을 노려봤다. 준영은 미동도 하지 않고 인형과 나란히 누워 있었다. 문 사장은 발로 인형을 툭툭 건들며 말했다.

"나와. 좋은 말로 할 때 나와."

그 순간 벽에 잘 걸려 있던 준영의 옷이 툭하고 떨어졌다. 상태를 보아하니 이미 귀가 준영의 몸속 깊숙이 자리 잡았다.

'흐음… 그렇단 말이지…….'

문 사장은 준영의 따귀를 한 대 때렸다.

"이준영 고객님. 오늘 제대로 사람 잘 부른 거예요. 들리죠? 아파도 좀 참아 봐요. 쓴 게 약이거니 하고 참아요."

뒤쪽의 노트북이 쿵하고 떨어졌다. 투둑투둑. 책. 종이. 펜. 떨어질 만 한 모든 게 투둑투둑 떨어지기 시작했다. 그런 것에 신경 쓰지 않고 문 사장은 손에 장갑을 끼기 시작했다. 손바닥이 붉은, 목장갑이었다.

"자, 시작하시지요."

이 말을 끝으로 문 사장의 눈이 뒤집어졌다.

* * *

"아이고 준영아!!"

앰뷸런스에 올라탄 선자는 눈물을 흘리며 응급실로 이동하는 준영을 따라 병원으로 향했다. 말끔한 모습의 문 사장이 "이를 어째 이를 어째" 하며 발을 동동 구르는 집주인에게,

"고객 소개 감사합니다."

라고 인사를 하고는 말을 덧붙였다.

"앞으로 302호는 세입자 받지 마세요. 이미 길이 생겼어요."

가게로 돌아온 문 사장은 끙끙거리며 보자기에 싼 커다란 이불을 열린 쪽문 밖 마당으로 끌고 갔다. 휘발유를 줄줄 붓고는 성냥을 하나 켜서 휙 집어 던졌다.

화르륵. 잘도 탄다. 겉을 싸고 있던 보자기가 먼저 사라지며 흉측한 얼굴이 그려진 이불인형이 불에 타오른다.

"이번에는 좀 심하게 때리시던데요? 산 님?"

문 사장이 툇마루를 향해 말을 걸었다. 그곳에는 커다란 덩

치에 붉은 얼굴을 한 산도깨비가 미리 준비해 둔 막걸리를 벌컥벌컥 마시며 다른 한 손으로는 쑥떡을 들어 올리고 있었다. 아마 착한 복이가 미리미리 준비해 둔 것 같다.

이 폐가… 아니 흉가 같은 한옥. 남들이 흔히 말하는 도깨비 터. 이 터의 주인. 산도깨비.

어지간한 귀신은 다 때려잡고 저승사자도 피해서 간다는 도깨비 중에서도 상급. 산도깨비.

문 사장은 '산 님'이라고 부른다.

어느새 다가온 복이가 넝마가 된 목장갑을 문 사장에게 건네준다.

목장갑에 묻은 피를 보고 '으엑'하고는 얼른 불길 속으로 던져 넣었다. 화르륵 다시 한번 불꽃이 튄다. 불길을 보며 문 사장은 아까 준영의 집에서 있었던 일을 떠올렸다.

산도깨비가 씌인 문 사장의 눈이 화경으로 바뀌며 또 다른 세계가 열렸다. 준영의 몸에 자리 잡은 귀는 여자 귀였다. 일단 여자로 보였다. 화경을 통해 귀의 과거가 떠올랐다.

옛날 의복. 사당패. 여자 역할. 양반집. 살아 있는 놀잇감.
반항했다. '천한 것이 어디서'라며 직접 칼로 입을 찢는다.
"예쁘다 예뻐! 하하하."

여자도 남자도 아닌. 사람도 아닌. 사람으로 태어나 짐승처럼 죽은. 죽어서도 사람같이 살아보고 싶어. 구천을 떠돌고. 씌이고. 반복된다. 이미 자아는 없어지고 원한만 남아 파동이 맞으면 본능처럼 씌인다.

"불쌍하구나… 하지만 이렇게 산 사람을 잡아먹으면 아니 된다! 잡아먹은 게 도대체 몇 명이나 되는 게냐!"
싫어! 안 나가! 여기서 얘랑 살 거야!
귀가 울부짖었다. 얼마나 오랫동안 사람을 잡아먹었는지 힘이 보통이 아니었다. 어지간한 귀들은 산도깨비의 기운만 느껴져도 도망가기 일쑤인데 이 귀는 이미 악귀였다. 말로는 통하지 않는다. 이런 놈은 사신도 안 잡아간다. 그렇다는 뜻은…….
사멸.

문 사장의 몸을 탄 산도깨비가 가차 없이 준영의 배를 쳤다. 한 번 두 번. 진짜 준영은 기절한 것 같았지만. 그것은 그것으로 잘된 일이다. 퇴마 의식 같은 것 기억해봤자 상처만 남긴다. 네 번째 가격을 하려고 손을 올리자 허연 연기가 방안을 한번 돌더니 옆의 인형 안으로 들어갔다. 아마 만들어 놓은 길을 따라 원래 있던 곳으로 돌아가려고 했던 것 같은데 미리 오색 천을 묶어놔 입구를 막아 두어서 인형으로 숨었던 것이다.

산도깨비는 기다렸다는 듯 이불인형을 한 손으로 들고 냄새를 킁킁 맡더니 더러운 것을 못 참겠다는 듯이 다른 한 손을 이용해 부욱 찢어 버렸다. 부욱부욱 찢긴 이불을 준영의 얼굴로 집어 던지며,

"우리 색시 우리 색시 하더니 이 요망한 것이랑 잠자리도 같이 했구나. 귀접까지 했으니 피골이 상접해도 정신을 못 차리지!"

하고 호통을 쳤다.

이불인형과 함께 고스란히 찢긴 귀가 넝마가 되어 정신을 못 차리고 있었다. 산도깨비는 자신의 일을 끝내고 문 사장의 몸 밖으로 나왔다. 이 일을 시작하고 산도깨비한테 맞아 죽은 귀를 여럿 봤는데 오늘도 역시나 봐주지 않았다.

'우욱… 멀미나.'

멀미 기운을 느끼며 문 사장은 잠시 고개를 숙이고 있다가 이내 가지고 온 가방에서 커다란 보자기를 꺼냈다. 찢긴 이불 더미를 돌돌 말아 보자기로 꼼꼼하게 싼 후 짊어지고 원룸을 나섰다.

6.

아까 화경으로 보았던 장면을 하나하나 떠올리던 문 사장은 여전히 음식을 먹고 있는 산도깨비에게 물었다.

"산 님. 폐가체험 때 왜 이준영에게 붙은 건가요? 사람이 여럿 있었는데… 역시 신가물인 건가요? 아님 파동이 맞아서?"

산도깨비는 막걸리를 쭈욱 들이키고는 말했다.

"신가물은 그 남자의 애인 쪽. 남자는 그중에서 제일 기가 약했을 뿐이고. 진짜 문제는 그 여자다. 악귀한테 보호하려고 조상이 내려왔는데 하필 신가물이었던 게지. 그 여자 곧 눈이 뜨일 거야."

허허거리며 "나는 간다."라고 말하며 산도깨비는 한옥으로 흡수되듯 사라졌다.

문 사장은 산도깨비가 앉아 있던 툇마루에 걸터앉아 타오르는 불길을 보며 복이의 까까머리를 쓰다듬었다.

'눈이라… 이번 일로 영안이 열리고 있나보네… 뭐 돈 되는 일도 아니고. 내 알 바는 아니지. 그래도 그 여자애는 자기 자리라도 있지……. 뭐가 되든 나보다는 낫네.'

산도깨비가 사라진 후 타오르는 불꽃을 멍하게 바라보던 문 사장은 자신도 모르게 말을 흘렸다.

"이런 것이 불멍이라는 건가? 꽤나 사람 감성적이게 만

드네."

오랜만에 보는 불꽃에 문 사장은 과거의 일이 떠올랐다. 지우고 싶은데 지워지지가 않는 기억.

* * *

남들에게 보이지 않는 것이 나에게 보인다는 것을 알게 된 것은 8살 때이다. 찢어지게 가난한 집 사정으로 유치원 한 번 못 다녔던 나는 한글만 겨우 떼고 1학년이 되었다. 시골이라 여러 마을의 아이들이 읍내에 있는 분교로 입학했다. 짝꿍이 된 그 아이는 같은 마을에 또래 친구가 없던 내게 첫 친구였다. 머리를 귀엽게 묶고 4살 터울 나는 언니 몰래 가져왔다는, 예쁜 나비 핀을 옆머리에 꽂은 동글동글 귀여운 아이였다. 짝꿍이 말했다. 학교 뒤 오솔길에 귀신이 나온다고. 그러니 절대 가지 말라고.

"귀신이 뭐야?"

나는 물었고 짝꿍은 "내가 우리 언니가 보는 공포 책을 봤는데"라며 열심히 설명 해줬다. 귀신, 유령 처음 듣는 생소한 단어들이라 왜 무서운지도 모르겠고 그냥 친구랑 도란도란 장난치는 것이 좋았다. 이해력이 부족한 나에게 짝꿍이 말했다.

"일단 사람처럼 보이지 않으면 무조건 도망가야 하는

거야!"

  이건 알아들었다. 사람 같지 않은 것. 곰곰이 생각해 보았다. '혹시 우리 반 저기 구석 모서리에 늘 벽을 향하고 서서 집에 갈 때까지 종일 뛰고 있는 저 언니? 아니야. 얼굴이 안보이지만 사람처럼 보여. 그러면 친구들이 복도를 뛸 때 제일 느린 애한테 업혀있는 저 언니? 아니야. 나도 체육 시간에 친구들이랑 어부바 운동하는 걸. 그…, 계단을 계속 올라갔다 내려갔다 하는 그 오빠?'

  잠시 생각하다 짝꿍을 보며 외쳤다.

"그래! 집에 가는 길에 있는 느티나무에 매달려있는 그 아저씨! 혀가 그렇게 긴 사람은 처음 봤어!"

  그 이야기를 들은 짝꿍은 자기가 보면 알 수 있다고. 책에서 봤다며 함께 가보자고 했다. 8살짜리 어린이 둘이 아장아장 걸어 느티나무까지 갔다. 여전히 그 아저씨는 대롱대롱 나뭇가지에 매달려 있었다.

"응? 이상하다. 평소랑 모습이 다른데?"

"뭐야? 아무것도 없잖아! 거짓말쟁이!"

"아니야! 나 거짓말쟁이 아니야! 저기 안 보여?"

  투닥투닥 말싸움을 하다 짝꿍은 늦었다고 온 길을 되돌아 뛰어갔다. 거짓말쟁이란 말에 화가 나서 말하는 것을 깜박했다. 늘 눈을 감고 혀를 길게 내밀고 있던 아저씨가 오늘은 눈을 뜨고 우리를 노려보고 있던 것이었다. 그리고 뒤돌아가는 친구의 몸에 기다란 보라색 혀를 칭칭 감고 개구리처럼 찰싹 업혀 가버렸다.

드디어 잡았다!!

아저씨가 큰소리로 소리를 지르며 친구에게 업힌 채 사라져 갔다.

그리고… 그날 이후… 난 그 친구를 보지 못했다.

내 첫 친구. 첫 짝꿍.

그날 밤 그 애의 아버지가 가족들을 목 졸라 죽이고 집 앞 나무에 목을 매달아 죽었다고 한다.

우리 집 앞 느티나무에 매달려있던 아저씨는 그날 이후 사라졌다. 대신 친구 집 앞 나무에는 친구의 아버지가 대롱대롱 매달려 혀를 길게 빼물고 있게 되었다.

미안해. 짝꿍아. 내가 바보 같아서… 그게 뭔지 몰라서… 너를 그곳으로 데리고 갔어… 정말 미안해…….

문 사장이 처음으로 만난 악의를 가진 '귀'였다.

그 이후 누가 소문을 냈는지 저 애가 귀신을 보고 다닌다더

라. 논두렁 한가운데서 허수아비랑 이야기한다더라 등, 수많은 이야기가 퍼져나갔다. 시골은 좋게 보면 다들 이웃사촌이지만 나쁘게 보면 아주 폐쇄적인 집단이다. 이런 곳에서 생전 없던 그런 끔찍한 사건이 벌어지니 사람들은 원인을 찾아 불안감을 제거하려고 하였다. 그리고 가장 쉽고, 탈도 없는 원인을 만들어내 분노를 표출했는데 그것이 바로 문 사장의 집안이었던 것이다. 그 집 애가 죽은 아이와 짝이었고 가난했으며, 외지에서 굴러온 돌멩이였다. 이래서 근본도 모르는 바깥 것들은 마을에 들이면 안 되는 거라고… 재수가 없다고. 결국 날품을 팔아 하루 먹고 하루 살던 할머니와 문 사장은 그것마저 일이 끊겨 배곯는 지경까지 와버렸다. 같은 마을에서 품을 못 팔자 할머니와 문 사장은 부지런히 산에서 나물을 캤다. 이삼 일을 캔 산나물을 머리에 이고 할머니는 마을버스를 타고 읍내 시장으로 나갔다. 그래도 할머니 품에서 우리 손녀, 우리 똥강아지 소리를 들으며 살았던… 길지 않은 행복한 시절이었다.

  복이가 멍하게 앉아 있는 문 사장을 쳐다보았다. 그 눈빛을 눈치챈 문 사장이 주머니를 뒤적거려 간식을 하나 더 꺼내 복이에게 내밀고 물었다.
  "복아, 너 나 어릴 적 사람들이 날 뭐라고 부른지 아니?"

"네? 글쎄요? 사장님이니까 사장님?"

헤헤 웃는 복이. 질문의 답보다 간식에만 신경이 가 있었다. 후후 하며 웃으며, 문 사장이 간식을 까서 복이 입에 쏙 넣어 주며 말했다.

"인간도 귀신도 아닌 천벌 받은 것."

산도깨비는 흉가 안방에 몸을 뉘고 밖에서 도란도란한 문 사장과 복이의 대화를 자장가 삼아 듣고 있었다. 놀고먹기 좋아하고 시끌벅적한 분위기를 좋아하는 것은 도깨비의 천성이다. 처음 수십 년을 이 터에 묶여 옴짝달싹 못 하게 되었을 때 산도깨비는 처음에는 분노했고 후에는 후회했다. 신장급 힘을 가진 붉은 얼굴의 산도깨비. 저승에서 내려와 산천을 떠돌며 원래의 목적도 잊은 채 신을 빙자하고 힘을 마음대로 쓰다 결국 산신과 서낭당을 지키는 서낭신에게 붙잡혀 작은 산에 갇혀 버렸다. 훗날 그 산마저 인간들의 욕심으로 깎이며 결국 '이 터의 이 집'밖에 있을 수 없는 처치가 되어버렸다. 이 터마저 사라지면 더 이상 존재할 수가 없다. 무시무시한 일을 일으켜 오는 족족 사람들을 쫓아내 겨우 닦은 도깨비 터…… 이리하여 산도깨비가 오랫동안 터를 지키고 있어서 이 흉가는 허물지도 못하고 화려한 대학로 뒷길에 흉물처럼 자리 잡게 된 것이다. 밤에도 혼불이 날아다닌다더라, 소복 입은 귀신이 서 있는 걸 봤다 등등 흉흉한 소문들이 돌고 실제로 철거 팀이 왔을 때 중장비 고장으로 사람이 다친 것을 끝으로 아무도 이곳을 찾지 않았다.

그런데. 2년 전 어느 날.

또 너냐? 넌 봐주고 봐주어도 답이 없구나. 이 산도깨비 터에서 돈을 그렇게 벌고 나갔으면 되었지! 또 돌아온 거냐!

뭐?! 인간 따위가 겁대가리를 상실 했구나. 기어이 동티가 나봐야 정신을 차릴 것이냐!

3년 전 어디서 나타났는지 모를 젊은 여자가 이 흉가 앞에 떡하니 좌판을 펴더니 액세서리 장사를 시작한 것이었다.

저런 데서 장사를 한다고?

그런데 이게 무슨 일인가. 장사가 잘 되어도 너무 잘 되었던 것이다. 수제품으로 특이한 디자인이 입소문이나 손님이 늘더니 여행 하던 해외 유튜버들에게 소개되며 아주 유명해졌다고 한다.

그리고 그 여자가 이 땅을. 정확히는 이 한옥과 터를 사버리며 아예 가게를 차려버렸다.

이러려고 돈 벌게 해준 것이 아닌데…….

화경으로 보인 불쌍한 과거와 드물게 상급 도깨비를 볼 수 있는 상급 영안자라 1년간 터를 빌려주었었다. 그런데 다시 돌아올 줄이야. 산도깨비는 눈앞에서 알짱거리는 여자에게 어떻게 동티를 내릴까 하며 잡아먹을 듯 눈을 치켜 올렸다. 그에 아랑곳하지 않고 여자가 말했다.

어차피 산도깨비님도 이 집 아니면 갈 곳이 없잖아요. 집은 산도깨비님이. 제 가게는 제가. 이렇게 같이 살아봐요. 1년 번 돈 도깨비님 집 사는데 다 썼어요. 저 빈털터리예요. 그러니 다시 도깨비 터에서 살게 해주세요. 사업 아이템도 있어요! 저랑 계약하시죠!

내가 본 인간 중에 이런 특이한 인간은 처음이다.

문가! 네 이놈! 돈 귀가 붙은 게냐?!

호통과 함께 동티를 내렸지만……. 아무 일도 일어나지 않았다. 속이 텅텅 비어 있다. 인간인데 죽은 귀신같고, 귀신같은데 살아있는 인간이다. 저러니 인간들 사이에서도 귀신들 사이에도 낄 수가 없겠지. 살이 몸을 뚫고 지나간다. 역시나 아무 이상이 없다. 그 특이함에 문 사장을 화경으로 깊게 관찰 후 산도깨비는 알아보았다. 영혼을.

그렇구나. 넌 빌어 태어난 아이로구나. 그러니 삼신할미도 널 신경 안 썼겠지. 너라면 나를 이 터에서 꺼내 줄 수 있겠구나.

어차피 터에 묶여 움직이지 못하시잖아요. 제 몸에 강림하시어 힘도 쓰시고 바깥도 제 눈을 통해 보시지요. 제가 터에서 나갈 수 있는 방법을 찾겠습니다.

너는 약속을 꼭 이행해야 할 것이다.

7.

'무서워.'

소영은 겁에 질린 채 침대에 웅크리고 앉아 문틈 밖으로 보이는 불빛에 집중했다. 살짝 열린 문틈으로 반짝반짝 현관문 센서가 작동하는 것이 보였다. 흉가체험 후 이상해졌던 준영은 이제 상태가 많이 좋아졌지만, 휴학을 할 것이라고 연락이 왔다. 사실 준영에게까지 신경 쓸 여력이 없는 소영이었다. 준영의 집에 다녀온 후 소영은 남들이 보지 못하는 것을 인지하기 시작했던 것이다. 처음에는 너무 자연스러워 자신이 무엇을 본 줄도 모르고 지나갔다. 그러다 어느 순간 알게 되었다.

'저건 살아있는 사람이 아니야.'

매일 같은 곳에 서 있는 남자. 처음에는 늘 같은 시간대에 버스를 기다리는 직장인이겠거니 생각 했었다. 비가 오던 날도 그 남자는 버스 정류장에 서 있었다. 우산도 쓰지 않고.

'비 오는데 우산도 안 쓰고.'

소영은 평소처럼 남자를 지나쳐 가다 갑자기 떠오른 생각에 걸음을 멈췄다.

'여름인데 왜 겨울옷을 입고 있지?'

단 한 번도 이상하다고 생각 못했던 남자의 복장. 깨달은 순간 소영은 천천히 뒤를 돌아보았다. 그리고 고개만 90도로 돌리고 자신을 쳐다보고 있는 남자와 눈이 마주쳤다. 무표정 했던 얼굴이 기쁜 듯 웃는 표정으로 바뀌더니 눈이 반달같이 찢어지고 곧이어 입꼬리도 찢어지기 시작했다.

ㅊ…치지직…ㅈ…ㅊ…치지직…ㄷ

지직지직거리는 소리에 무언가 언어가 섞인 듯한 이상한 굉음. 몸은 정면을 향하고 고개만 소영을 향해 꺾은 괴이한 각도로 옆으로 뛰면서 소영을 향해 달려오기 시작했다.

"아아악!!"

소리를 지르며 미처 도망가지도 못한 소영이 그 자리에 주저앉았다.

"아가씨 괜찮아요?"

"119 부를까요?"

여기저기서 웅성이며 자신을 향해 걸어오는 질문들에 눈을 뜨자 정류장 근처라서 그런지 꽤나 많은 사람들이 소영을 둘러싸고 있었다. 아주머니 한 분이 소영을 일으켜 주고 교복을 입은 남학생이 떨어진 우산을 들어 건네주었다.

"감사합니다. 괜찮아요. 정말 감사합니다."

없다. 보이지 않는다. 불안한 눈빛으로 주위를 확인 후 소영은 집을 향해 뛰었다. 그 일이 있고 난 후부터 사람이 아닌 것들이 시야에 들어오기 시작했다.

학교 도서관, 식당, 카페… 어느 장소에나 그것들이 보였다. 보일 때마다 천주교인 소영은 기도를 했다. 그리고 인터넷을 찾아보니 모르는 척, 안 보이는 척하는 것이 제일 중요하다고. 특히 눈을 마주치면 안 된다고 했던 것이 기억나 의식적으로 눈길을 피하게 되었다. 다행히도 아직까지는 그것들이 제자리에서 늘 같은 모습으로 있는 것을 볼 수 있었다. 이상한 일이라면 집안 센서 등의 오작동이 늘었다는 정도. 갑자기 켜지거나 깜박이거나. 하지만 소영은 전류 이상이겠거니 넘어갔다.

오늘도 그것들을 피해 집으로 돌아온 후 떨리는 마음을 진정시키며 커튼을 닫았다. 혹시라도 베란다 너머로 보이기라도 한다면 집에서도 있을 수가 없을 것 같아 집에 오면 커튼부터 치기 시작했다.

다시 오작동인지 현관 센서 등이 깜박였다.

'그런데… 그 남자는 왜 정류장에서 안 보이는 거지?'

그날 늦은 밤 소영이 사는 원룸에 한바탕 소란이 일어났다.
불이야!! 불이야!!
밖에서 소리를 지르며 먼저 사태를 깨달은 사람들이 옆집 앞집 할 것 없이 문을 쿵쿵대며 집에서 자고 있던 사람들을 깨우며 밖으로 나오라고 소리를 질렀다. 자고 있던 소영도 놀라

서 무슨 일인가 싶어 무의식적으로 베란다 커튼을 걷고 아래를 내려다봤다. 이미 사람들이 많이 나와 있고 밖에서는 다시 한번 쿵쿵 문을 두드리는 소리가 들렸다. 급하게 핸드폰과 지갑만을 챙기고는 잠옷 입은 그대로 신발을 신고 나가기 전 집을 훑어보았다. 현관 맞은편의 커튼이 걷혀있는 베란다 유리로 누군가 서 있는 모습이 보였다. 정류장의 그 남자였다. 소영과 눈을 마주친 그 남자는 씨익 웃기 시작하더니 그때처럼 얼굴이 찢어지듯 변하기 시작했다. 소영은 소리를 지르며 현관을 뛰쳐나와 계단을 뛰어 내려갔다.

그날 1층에서 난 불이 다행히 일찍 잡혀 새벽에 다시 돌아갈 수 있었지만 소영은 결국 집으로 들어가지 못하고 근처 편의점으로 향했다. 베란다로 보이던 그 남자의 얼굴을 잊을 수 없었다.

'눈이 마주치면 귀신이 붙는다던데 진짜인가 봐. 어쩌지……'

이미 준영이 좀 이상해져 과 친구들 사이에서 안 좋은 소문이 돌았었다. 그래서 더더욱 누군가에게 말할 수 없었다. 신앙의 힘으로도 안 되는 건가. 소영은 울먹이며 고개를 숙였다.

"그래. 이준영."

준영이가 괜찮아졌다고 했지. 그 일 후 연락도 끊고 염치없지만, 지금 소영이 사정 따질 때가 아니었다. 소영은 준영에게 전화를 걸었다.

"소영아?"

예전과 같은 준영의 목소리를 듣자 소영은 눈물이 쏟아졌다.

8.

소영은 준영과 함께 앤티크 숍의 하얀 문 앞에 섰다. 소영의 사정을 들은 준영의 어머니가 문 사장의 주소를 가르쳐 주었고 고맙게도 준영이 함께 와주었다.

"여기까지 와줘서 고마워. 난 그날 도망쳤는데… 정말 미안했어. 너무 무서워서 있을 수가 없었어."

"괜찮아. 우리 엄마도 무서워서 죽을 것 같았다고 하시더라. 아들 아니었으면 도망가셨을 거래. 그리고 너도 도망 잘 친 거라 하셨어. 안 그러면 너도 무슨 일 생겼을 거라고. 일단 들어가 보자."

의기소침한 소영의 손을 잡고 준영이 문을 열려고 하자 한 발 앞서 대여섯 살쯤으로 보이는 동자승이 먼저 문을 벌컥 열었다.

"어서 오세요~. 사장님께서 기다리고 계십니다. 들어오실 때 문턱 밟지 말고 들어오세요. 동티나요~."

'헉'하고 놀란 두 사람이 문턱을 조심스레 넘어 가게 안으로 들어섰다. 카운터 앞 테이블에 앉아 있던 문 사장이 몸을 일으켰다.

"오~! 이준영 고객님! 요즘 정신 상태는 좀 괜찮아요? 몸은? 그때 뼈 하나 부러졌을 텐데?"

그러고 보니 병원에서 눈을 뜨니 누군가에게 맞아서 온몸이 가루가 되는 고통을 겪었었는데 저 분한테 맞았나? 라며 준영이 생각했다. 소영에게로 고개를 돌린 문 사장은 가만히 그녀를 쳐다보다 고개를 획 돌렸다.

"대충 사정은 들었어요. 자, 들어갑시다."

문 사장이 카운터 뒤로 보이는 쪽문을 열었다.

"큰 문 말고! 그 옆 작은 미닫이문으로 들어가요!"

한옥의 큰 여닫이문을 열려던 준영이 깜짝 놀라 옆의 작은 미닫이 쪽문을 보며 물었다.

"큰 문 놔두고 왜 이런 작은 문으로······."

아무리 봐도 여긴 일반 성인이 고개를 숙이고 들어갈 정도로 낮다.

"산도깨비님께 최소한의 예의지요."

"산도깨비님?"

준영과 소영은 미닫이문을 열고 고개를 숙여 방으로 들어갔다. 어색하게 서있던 그들 뒤로 '쾅'소리와 함께 큰 여닫이문이 활짝 열리며 붉은 얼굴의 산도깨비가 들어와 상석에 놓여있는 커다란 방석 위로 앉았다,

"헉!"

"!"

소영과 준영은 눈을 부릅뜨고 공포에 질린 채 숨도 못 쉬고 얼어붙었다.

"응? 왜들 이래? 아…, 둘 눈에는 산 님이 보이나 봐요."

"그럴 수도 있지. 한 놈은 강한 신가물, 한 놈은 악귀에 씌었었으니. 둘 다 영안이 트여있겠고. 이 터가 내 기운 그 자체니, 영향을 받을 수밖에."

"아하~!"

아무 일도 아니라는 듯 문 사장은 둘을 향해 손짓을 살랑살랑 하며 앉아 앉아 라고 말했다. 일단 둘은 산도깨비 앞에 벌 받듯 무릎을 꿇고 앉았다. 그 순간 소영은 극심한 두통으로 머리가 깨질 것 같은 고통을 받기 시작했다.

"이봐, 거기 조상신. 명패 들고 온 거 아니까. 핏줄 그만 괴롭히게. 너희들, 편하게들 앉거라. 네 조상신이 도깨비 앞에 무릎 꿇었다고 심통이 났나 보다."

편하게 자세를 바꾸자, 거짓말처럼 두통이 사라졌다. 신기

하게도 그 남자 귀신과는 다르게 눈앞의 존재는 더 이상 무섭지 않았다. 정말 조상신이 옆에 있어서인가?

"자. 이제 사연을 들어보자꾸나."

소영은 산도깨비를 쳐다보며 꿀꺽 침을 삼킨 후 그간의 사건들을 풀어놓았다. 옆에서 함께 이야기를 듣던 문 사장이 소영에게 질문을 했다.

"혹시 그 남자가 알아듣게 말을 하거나 해요? 뚜렷하게 언어로.

"아니요. 고장 난 TV가 지지직거리는 그런 소리가 들렸어요."

"흐음…, 준영 씨. 준영 씨 혹시 그때 일 기억나요? 그때 확실하게 언어로 말하는 걸 들었어요?"

"네! 계속 자기가 예쁘냐고 엄청 빠르게 계속 반복해서 말했어요. 지금 생각해도 소름 끼쳐요."

준영이 진저리를 치며 대답했다. 문 사장이 고개를 끄덕였다.

"잘 들어요. 그 귀는 준영 씨와 파동, 파장이 맞아 들러붙어 따라온 거예요. 물론 기도 약한 편이었고. 처음부터 파장이 맞으니 바로 말소리가 정확히 들린 거죠. 빠르게 말했다고 했죠? 일단 영적 존재들은 인간과 다른 시간, 공간 감각을 갖고 있어요. 한 단계 더 나아가면 인간과 소통이 가능할 정도로 능력을 갖춘다는 건데… 이런 것들은 몸속 깊숙이 숨어 빙의되어 그 사람 행세를 하며 조금씩 야금야금 몸을 지배해 가요. 그게 제일 찾기도, 떼어내기도 어렵죠."

문 사장은 소영을 쳐다봤다.

"쉽게 라디오 주파수를 맞춘다고 생각하세요. 저쪽에서 몸에 들어오기 위해 파장을 맞추는 것이니까. 가위 눌릴 때 사람들이 삐~하는 이명 소리를 듣는 경우가 있다고 하죠? 그때에도 그것들이 파장을 맞추고 있는 거예요. 딱 맞춰지는 순간 귀가 보이기 시작하는 거구요. 한번 파장을 맞추면 아주 쉬워지죠. 지금까지는 다행히 몸에는 못 들어오고 있네요. 뒤에 아주 강한 든든한 조상님도 와 계시고. 조상님 아니었으면 벌써 먹혔어요. 조상님이 소영 씨 눈을 가려주고 있으니……. 참 부럽네요. 내 입장에서는……."

끝말을 씁쓸히 끝내는 문 사장의 말을 뒤이어 산도깨비가 말했다.

"그리고 슬슬 고립시켜 외부를 차단하게 하고 잡아먹는 게지. 거기 인간 남자. 너도 그 상태였다."

준영은 자신이 잡아먹힐 수도 있었다는 생각에 소름이 돋았다.

"문가. 네가 선택하거라. 나는 이만 간다. 저 여자 뒤의 노인네 때문에 기분이 나빠지는구나."

이 말을 끝으로 산도깨비가 사라졌다.

"그럼, 의뢰비 이야기로 넘어갈까요?"

문 사장이 소영을 보며 활짝 웃었다.

돈이라니……. 생각도 못 하고 있었다. 소영은 한숨을 쉬었다. 준영이 소영의 손을 잡았다.

"너희 어머니도 돈 많이 주셨어?"

"그렇다고 들었어. 솔직히 내 눈으로 직접 보기까진 반신반의했었는데……. 아까 그 산도깨비를 보니까 다 수긍이 가더라."

"나도……. 어쩌면 좋지……. 너무 비싸."

대학생이 융통하기에는 너무나 큰돈이다. 그렇다고 천주교 교인인 부모님께 말씀드려봤자 씨알도 안 먹힐 것 같고. 소영은 한숨을 내쉬었다.

"다른 곳도 찾아보자. 다른 무당이 더 저렴하게 해줄 수도 있잖아. 좀 더 알아보자."

"그래. 고마워. 준영아."

"나 군대 가기 전까진 도와줄 수 있을 만큼 도울게."

아, 군대. 군대 간다고 했었지. 소영은 살짝 눈물이 날 뻔했지만 씩씩하게 걸어갔다.

두 사람의 기운이 사라지자 산도깨비가 모습을 드러냈다,

"심술보가 주렁주렁하구나."

"산 님한테는 비밀이 없지요. 솔직히 배 아프고…, 부럽고…, 질투도 나고……. 누구는 어느 곳에서도 원하지 않아서 있을 곳도 없는데 누구는 이쪽저쪽 아주 서로 모셔갈 팔자니까요."

"그래서 그랬어요……."라고 말하는 문 사장을 산도깨비가 불쌍히 쳐다봤다.

"다 자기 팔자가 있는 것을. 도와주지 그러냐. 너랑 합이 잘 맞을 듯한데. 너도 여기서만 있지 말고 밖의 인간들 틈에서 섞여 살아야지. 언제까지 여기서 스스로를 고립시킬 참이냐."

문 사장이 귀찮은 듯 손을 휘이휘이 내저었다.

"귀들도 싫고 인간도 싫어요. 전 돈이나 많이 벌어서 풍수 좋은 산이나 하나 사서 동식물들에 둘러싸여 살래요. 적어도 동식물은 절 내치지 않으니까요."

말을 마친 문 사장이 간식 상자를 들고 일어섰다. 복이를 찾으러 가게로 들어가다 뒤를 돌아 산도깨비에게 웃음 지으며 말을 이었다.

"그리고 요즘은 돈 있는 사람이 왕이에요. 예전 같으면 돌 맞아 죽을 팔자였겠지만 현대 시대는 돈만 있음 귀든 인간이든 다 부릴 수 있는 세상이라고요."

재물 귀

1.

6개월 전.

정씨 가문에는 대대로 조상을 모시는 사당이 있다. 옛날 전쟁에서 큰 공을 세운 조상이 왕에게 하사받은 사당이라고 기록되어 있다. 꽤 이름 있는 종가에 사당이 있는 것은 흔한 일이나 정씨 집안의 사당은 조금 특이했다. 낮은 담장으로 둘러싸여 오래된 대문을 열고 들어가면 기와를 올린, 오래된 사당 두 개가 있다. 사당 옆에 또 사당. 제사나 명절 때 남자 자손들만 들어가 제를 올리는 조상을 모신 사당 옆에, 더 크고 높은 사당이 나란히 자리 잡고 있다.

이 사당에는 매달 1일 잘 차려진 제사상을 올린 후 미성년자를 제외한 집안 여자들까지 전부 모여 절을 한다. 그리고 다음 날 제사 음식을 치운다. 이 전통이 벌써 수 십 년째 이어져 오고 있었던 것이다.

궁금해하지 말라. 귀 닫고 눈 감으라.

무언의 약속으로 이 집안 사람들은 누군지도 모를 대상을 향해 제를 올렸다.

* * *

하정은 시아버지의 전화를 받고는 좀 화가 났다. 결혼한 지 6년. 두 시간 거리의 시댁은 멀다 하면 멀고 가깝다 하면 가까운 애매한 거리였다. 일도 바쁜데… 평일이라도 매달 1일에는 무슨 일이 있어도 제사에 참석해야 했다.

'이게 시집살이지… 요즘 누가 제사를 따박따박 챙긴다고… 아…진짜.'

게다가 5살 된 아들 준우가 감기 기운이 있어서 유치원도 보낼까 말까인데… 아픈 애를 두고 어떻게 오라는 건지. 하정은 남편 영진에게 메시지를 보냈다. 제사로 서로 감정 상하는 말이 오고 가는 일이 잦자 제사 문제는 메시지로 의논하기로 했다.

- 여보. 방금 아버님께 전화 왔는데 내일 제사에 참석하라고… 애도 아픈데 나까지 꼭 가야 해요? 당신이 아버님께 말 좀 해보세요.

하정은 폰을 내려놓고 칭얼대는 준우를 안아 침대에 눕히고는 그 옆으로 몸을 뉘었다. 이마에 이마를 대고 있으니 준우가 열이 오르는지 뜨끈한 느낌이 전해져왔다. 칭얼대며 품으로 파고드는 준우를 꼭 감싸 안고 하정은 눈을 감았다.

  이틀 후 6월 1일. 제사음식을 가득 담은 광주리를 온 가족이 들고 날라 사당으로 들어간다. 음식을 잘 차린 후 자연스럽게 자리를 잡고 사당 문 앞에 선다. 집안의 제일 큰 어른인 시아버지가 사당의 문을 연다. 향을 피우고 구령에 맞추어 온 가족이 일제히 절을 한다. 이름 없는 빈 위폐 위로 향 연기가 피어오른다.
  '정말 이상해.'
  처음에는 있는 집안이라 뼈대 있는 가문이라는 것을 보여주기 위해 이렇게 격식이 많은 건가 했었다. 역사책에도 기록 되어있는 장군의 직계손이라 그런 건가… 아니면 조상 대대로 내려오는 엄청난 재산을 조상께 감사하는 건가……. 시댁의 재산 규모를 알고 나서 하정은 군소리 없이 제사에 참여했었다. 정말 이런 재산을 가진 집안이 있구나. 게다가 결혼할 때 시부모님의 언질이 있었다.
  재산은 우리가 죽어도 제사를 제대로 모실 녀석에게 물려줄 테니 그리 알아라.
  작년에 도련님이 결혼하고 손아랫동서가 들어왔다. 결국 제사 때마다 세 동서 간의 신경전. 돈도 좋지만 하정은 조금씩 지쳐갔다. 의사인 영진의 수입도 꽤나 좋다. '굳이 더 욕심을

낼 필요가 있을까?' 한번 이렇게 생각을 하니 하정은 맹목적으로 참여하던 제사에 의구심이 들기 시작했다.

'결국 오고 말았네……. 도대체 위패도 비어 있는데… 누구의 제사를 지내는 걸까?'

세 시간 전. 아버지의 불호령을 감당 못한 영진이 빌고 빌어 하정과 준우는 본가로 내려왔다. 아픈 준우를 맡길 곳이 마땅치 않아 데리고 온 하정은 일단 방안에 준우를 눕히고 제사 준비를 한 다음, 다른 식구들과 나란히 사당 앞에 서있었다. '형님. 돈이 좋긴 좋은가 보네요.'라고 눈으로 말하는 동서의 눈빛에 머리가 지끈거렸다. 최대한 빨리 돌아가자고 생각하며 두 번째 절을 하고 고개를 숙이고 있을 때였다.

끼이익

땅에 머리를 조아리고 있던 사람들의 귀에 닫혀 있던 뒤쪽의 사당 입구의 대문이 열리는 소리가 났다. 누구지? 들어올 사람이 없는데?

그때 어린아이의 작은 목소리가 들렸다.

"엄마… 나 무서워…"

그 후 노발대발한 시아버지가 어린 준우를 향해 소리를 질렀다. 제사를 끝내지 못해 이 집안이 망하게 되었다는 둥 아이를 향해 소리를 지르다 분에 못 이겨 제사상 위의 밥그릇을 집어 던졌을 때 하정은 몸을 던져 준우를 감쌌다. 아까 손수 소복하게 떠서 상에 올린 하얀 쌀의 고봉밥이 하정의 머리 위로 쏟아졌다. 뜨거웠지만 하정 가슴속에서 일어난 불보다 뜨겁진 않았다.

얼마나 놀랐는지 오줌까지 지린 준우를 겨우겨우 달래 방안 이불에 눕혔다. 마음 같아선 당장 이 집을 떠나고 싶었지만 시부모님의 불호령에 아무도 떠나질 못하고 각자 방에서 말 그대로 대기하는 상태가 되어버렸다. 저 집 애 때문에 집에 못 가게 생겼다고 짜증 내는 소리가 여기까지 들린다. 영진은 안방에서 다른 형제들과 시부모님과 대화 중이었고 하정은 부글부글 끓는 속을 어찌하지 못해 눈물만 날 뿐이었다.

'애가 문 열고 들어온 게 뭐 어때서!'

5살밖에 안된 아이가 잠자다 눈을 떠보니 엄마 아빠가 안 보여 찾아다닌 것이 그렇게 잘못인가. 그깟 제사보다 하나밖에 없는 아들이 더 소중하다.

'다시는 이 집구석에 발을 들이지 않겠어!'

하정은 잠든 아이를 둘러업고 차키를 챙겨 문을 열었다. 마침 들어오려던 영진이 곤란한 표정으로 하정에게 말했다.

"아버지가 당신이랑 준우 둘 다 들어오라고 하셔."

차라리 잘 되었다. 제대로 말하고 인연을 끊자!

하정은 영진을 지나쳐 안방으로 향했다.

여전히 얼굴이 붉어져 있던 하정의 시아버지 정성훈은 방으로 들어서는 하정에게는 눈길도 주지 않고 준우를 향해 소리쳤다.

"이놈!! 당장 일어나지 못해!!"

서슬 퍼런 소리에 준우는 경기 일으키듯 잠에서 깨어 다시 눈물이 그렁그렁 맺혔다.

"아버님! 정말 너무 하시네요! 할 말도 드릴 말도 없으니 일어날게요. 앞으로 다시는 오지 않겠습니다."

다시 일어나려는 하정을 뒤따라 들어온 영진이 다시 앉혔다.

"여보 잠깐만. 한 번만. 말 좀 들어봐."

소란 속에서 조용히 앉아 있던 시어머니 최 씨가 처음으로 입을 열었다.

"아가야. 준우야. 이리 온."

준우는 화난 할아버지와 엄마 사이에서 쭈뼛거리다 얼른 할머니 품으로 안겼다.

"우리 아가. 거기 왜 들어온 게야? 거기서 뭔가 봤니?"

"네 할머니. 거기 무서운 게 있었어요."

"무서운 거? 어떤 거?"

목 없는 귀신이 제사상을 돌면서 춤을 추고 있었어요.

그 순간. 방안이 조용해졌다.

2.

문 사장은 앞에 앉아 있던 하정의 시어머니 최 씨 부인에게 그간의 사정을 들었다.

"그러면 부인께서는 다 알고 계셨군요."

"네. 이 집에 시집와서 시어른들께 제일 먼저 배운 게 '궁금해하지 말라. 귀 닫고 눈 감으라.'였으니까요. 하지만 듣기만 들었지 실제로 존재할 줄은 몰랐습니다. 그분이 정말 화가 나서 손자에게 화가 미칠까 걱정이 되어서 이렇게 찾아왔습니다. 여러 무당들을 모셨었는데… 다들 집안은커녕 마을 입구에서 돌아가 버리셔서 제가 이렇게 직접 찾아왔습니다. 부디 잘 부탁드립니다. 저야 죽을 날이 가까운 노인네이지만 우리 손자는 이제 5살입니다."

최 씨 부인은 질금질금 나오는 눈물을 참으며 고개를 숙였다.

"조심히 가세요."

문 사장은 최 씨 부인을 배웅한 후 다시 한옥으로 돌아왔다.

"산 님. 저 저런 것은 처음 봐요."

문 사장의 눈에 보인 것은 최 씨 부인의 몸에 붙어 있던 토막 난 손목, 발목들. 어떻게 저런 것들이 붙어 있을 수가 있지?

"저건 원귀다. 한 놈이 아니야. 이번 것은 건들지 말거라. 오래 묵은 놈이 신 노릇을 하고 있구나."

산도깨비의 말에 문 사장이 의아한 듯 물었다.

"신이라면 명패가 없는 허주신인 건가요?"

"게다가 얼마나 제삿밥을 오랫동안 먹여 놨는지 줄초상을 내고도 남을 놈이다. 재물을 내리고 내려서 그 집안 자손들의 명줄을 잡은 게지. 그깟 재물 지키겠다고 어떤 놈인지도 모르는 놈을 조상보다 떠받들었으니 이미 도와줄 만한 조상들은 다 저놈이 먹어 버렸어. 저 집안은 끝이다."

산도깨비가 이 정도로 나온다면 우리가 할 수 있는 것은 없다고 판단하는 문 사장이다. 영안만 있지 실제 아무 능력도 없는 문 사장은 산도깨비의 기운을 운용하는 통로일 뿐. 조용히 고개를 끄덕였다.

그리고 며칠 후 문 사장은 최 씨 부인의 사망 소식을 들었다. 가게를 나선 후 본가로 돌아가는 길에 교통사고로 운전을 하던 큰아들과 최 씨 부인이 나란히 명도로 들어선 것이다.

둘째라는 영진의 전화를 받고 문 사장은 다시 산도깨비를 찾았다.

"산 님. 말씀대로 줄초상이 일어나기 시작했어요. 무슨 방법이 없을까요? 꿈자리가 뒤숭숭해요."

그도 그럴 것이 문 사장의 꿈속에 최 씨 부인이 눈물을 흘리며 땅에 머리를 박고 있었다. 자세히 보니 토막 난 손이 그녀의 머리채를 잡고 땅에 박고 있던 것이다. 정말 뒤숭숭하다. 돈이 좋아 저리된 집안 사실 신경 쓰고 싶진 않지만 아까 통화한 영진이 거액을 제시하며 부탁을 해왔다. 어머니께 들었다고 제발 아들만 살려 달라고.

"돈도 많이 준다는데요. 방법 없을까요?"

"이놈! 네 돈 귀부터 떼자꾸나!!"

3.

문 사장은 영진의 안내로 집 대문을 들어섰다. 고래등 같은 기와집. 누가 봐도 이름 있는 집안에 걸맞은 집. 그러나 문 사장 눈에는 여기저기 토막 난 사체들이 널려져 있는 흉가로 보일 뿐이었다. 꾸물꾸물 기어다닌다. 심한 귀취와 지옥도 같은 흉흉한 모습에 욕이 나왔다. 다행히 마스크로 가려져 입 모양이 보이지 않아 다행이라면 다행. 마당을 지나쳐 기와집 뒤편의 대나무 숲을 지나 약간의 오르막을 계단으로 올라간다. 집 안이 훤히 내려 보이는 곳에 신당이 자리 잡고 있다.

"일단 이 대나무들 다 베어 버리세요. 음기가 너무 강해요. 자 사당문 여시지요."

영진이 사당 문을 열자 사당 두 개가 한눈에 들어 왔다.

'저런… 눈으로 보니 더 심각하네.'

그대로 오른쪽 큰 사당으로 직진하여 문을 열자 이름 없는 위패가 놓여 있고 빛이 닿지 않는 곳에 목 없는 귀신이 우뚝 서 있었다.

"찾았다."

문 열린 사당 안에서 꿈틀꿈틀 토막 난 망령들이 기어 나오기 시작했다. 저 귀 놈. 얼마나 강한 놈이기에 이 정도 귀를 끌고 다니는 걸까 하며 문 사장은 사당 문을 닫았다.

'산 님 말씀이 맞았네.'

영진을 앞세우고 사당을 나와 문 앞에 섰다.

"비방입니다. 잘 듣고 실행하셔야 합니다. 이 방법은 오로지 아드님의 목숨을 지키는 데 있습니다. 다른 분들은 열외입니다. 어른들은 이미 이 집 허주신에게 받은 제물로 살아온 만큼 어렵습니다. 그나마 아드님은 아직 어리기에 가능한 방법이지요."

"네. 알겠습니다. 어차피 지금 이 집에 저만 있습니다. 다들 어머님과 형님 장례로 바빠서요. 제가 무엇이든 다 하겠습니다."

영진이 단호하게 말했다. 문 사장은 고개를 끄덕이고 말을 이었다.

"첫째. 이 집안 문서에서 이름을 지우셔야 합니다. 아드님만이라도 아내 분 호적으로 옮기세요. 사실 더 좋은 것은 이혼하셔서 아드님이 완전히 분리되는 것입니다.

두 번째. 될 수 있으면 해외로 보내세요. 바다를 건너야 합니다. 그리고 다신 돌아오지 않는 것이 좋습니다. 최대한 이 집에서 멀어지게 하세요.

세 번째. 마을 어귀의 성황당에 매년 제를 올리세요. 그러고는 간절하게 비세요.

그리고 지금 제가 박는 이 말뚝은 절대 뽑지 마세요. 산도깨비의 기운을 받은 물건인데 그 기운으로 일단 이 사당의 귀기를 누를 겁니다. 다시는 저 사당 문을 열지 마세요. 작은 사당 안 조상님들 위패도 포기하세요. 어차피 제삿밥 드실 조상님들은 다 잡아먹히고 없습니다."

문 사장은 가방을 뒤적여 하얀 보자기에 싼 말뚝 하나를 꺼냈다.

쿵! 한 번의 망치질로 말뚝을 박은 문 사장이 가만히 말뚝에 손을 모으고 눈을 감았다.

"산 님. 준비되었습니다."

문 사장의 눈이 하얗게 뒤집어졌다.

산도깨비의 기운이 흐르자 화경으로 과거의 장면들이 떠올랐다.

피비린내. 아사. 봉기. 농민들. 참수. 시체들의 산.

장군이라더니 전쟁이 아니라 배고픈 농민들의 머리를 베고 몸통을 자르고 다니며 공을 세운 거구나. 그 원혼이 저렇게 뭉쳐 있었구나. 목 없는 귀가 춤을 추며 돌고 도는 것은 극심한 배고픔에 제사상이 차려져 있어도 머리가 없어 먹지 못해 온몸으로 울부짖는 것이었구나.

산도깨비의 비방을 마무리 짓고 사당 문을 닫았다.

"절대 열지 마세요. 안의 존재를 사라지게 한 것이 아닙니다. 봉인일 뿐입니다. 다른 가족들에게도 말하시고 얼씬 못하게 하세요. 아까도 말했지만 아이라도 살리려면 서두르세요."

"정말 감사드립니다."

돌아가는 문 사장의 뒤를 따르던 영진이 뒤를 돌아 닫힌 사당을 바라보았다.

　　　　　　　　＊ ＊ ＊

　끼이익 쿵.

　유치원복을 입은 어린아이가 붕 떠서 거친 아스팔트 위로 힘없이 툭 떨어졌다.
　꺄아아악!
　사람들의 비명에 섞여 앰뷸런스 소리가 가까워진다.

　병원 중환자실. 혼수상태에 들어간 아들을 바라보며 영진과 하정은 눈물을 흘리고 있다.
　"이건 아니야. 이건 아니야."
　잘 나오지도 않는 목소리로 하정은 영진의 가슴을 치기 시작했다.
　"이건 아니라고!!"
　결국 오열하며 쓰러지는 하정을 붙잡지도 못하고 영진은 멍한 표정으로 유리 너머 보이는 아들을 쳐다보았다.
　분명 문 사장의 비방대로 이름도 바꾸고 호적도 바꿨다. 얼마 전 이혼이 확정되고 서류가 정리되어 아내와 준우는 다음 주 미국으로 들어갈 예정이었다. 비방을 받은 날 이후 장례식이 끝나고 몇 주 후 아버지는 심장마비로 돌아가셨다. 그 후 본가는 문을 막아 폐쇄시켰다. 분명 문 사장이 1년은 누를 수 있다고 했는데… 겨우 6개월 남짓 지났는데 도대체 무슨 일이 일어난 거지? 기계에 의존해 숨을 쉬고 있는 아들을 바라보며 영진은 혼란스러웠다.

삐~~~~~

"준우야!! 안 돼!!!"
기계음과 동시에 하정이 쓰려졌다. 의사와 간호사들이 분주해지기 시작했다.

4.

앤티크 숍. THE MOON.
"네 알겠습니다."
전화를 받은 문 사장은 심각한 표정으로 몇 번 고개를 끄덕이다 이내 전화를 끊었다. 바로 뒤를 돌아 쪽문을 열고 한옥으로 들어갔다.
"산 님. 진짜 큰일이 터졌어요."
아무도 없는 방석을 향해 문 사장은 말을 하기 시작했다.
"몇 달 전에 비방해 준 사당 재물 귀 말인데요. 결국 손자가 오늘 교통사고가 나서 혼수상태라고 해요. 그러게 조심하라고 할 때 잘 지켰어야지."

방석이 푸욱 꺼진다. 일반 사람들에게는 보이지 않는, 그러나 영안자들에게는 보이는 붉은 얼굴의 산도깨비.

"그 집안에 붙어먹고 있는 그놈. 이미 그 집안 인간들이 잡귀를 신으로 만들어 버려서 지 마음대로 날뛰고 있으니… 쯧쯧… 비방까지 쳐놨으니 더 약이 오른 게지. 도대체 누구냐. 말뚝을 뽑은 인간이."

문 사장이 따라 주는 막걸리를 들이키며 산도깨비는 절레절레 고개를 흔들었다. 어지간한 악귀쯤은 한방에 찢어버리는 도깨비들 중에서도 상급. 산도깨비. 그가 이렇게까지 말하는 것을 보면 정말 위험한 존재인 것이리라.

"비방의 효력은 한 번뿐인 게지."

마지막 말에 고개를 끄덕인 후 부엌으로 들어간 문 사장은 과자 상자를 꺼내 들고 복이를 찾으러 나갔다.

같은 시각.

영진의 동생 영훈과 아내 채영은 사당 앞에 무릎을 꿇고 절을 했다.

사당 문이 활짝 열려 있고 이름 없는 위패 앞으로 예전보다 더 화려한 제사상이 차려져 있다.

"부디 저희를 지켜주십시오. 이 집 재산도 지키게 해주십시오."

둘의 간절한 기도에 답하듯 목 없는 귀신이 춤을 추기 시작했다.

5.

쾅!! 숍의 문이 떨어지듯 열렸다. 얼마나 세게 밀었는지 아직도 흔들거린다.

"나와!! 문 사장이 누구야? 당장 나와!!"

검은 정장의… 딱 봐도 조직 생활을 할 것 같은 사람들을 대동하고 하정이 소리를 지르며 들이닥쳤다.

의자에 앉아 졸고 있던 복이가 놀라서 테이블 밑으로 숨고 하정은 손에 잡히는 대로 다 때려 부술 듯 화가 나 있었다. 의자에서 일어난 문 사장이 하정을 바라보았다.

"우리 애 죽었어! 네 말만 들으면 살 수 있다고 했다면서! 이 사기꾼! 우리 준우 살려내!"

소리를 지르며 손에 닿는 상품을 번쩍 들어 문 사장 앞으로 집어 던지자 챙 하는 소리와 함께 파편이 둘 사이로 튀었다. 아마도 도자기인 듯했다. 문 사장의 눈썹이 살짝 올라갔다.

"비방을 어긴 건 그쪽 사람들이겠지. 어디 와서 행패지? 그

쪽이 예를 갖추지 않으니 나도 똑같이 해주지."

두 여자가 서로 노려보는 가운데 가게 문이 열리며 영진이 끼어들었다.

"죄송합니다. 여보! 이러지 말고 일단 나랑 이야기해! 어서 이리 나와!"

연신 고개를 숙이며 영진이 소리소리 지르는 하정을 끌고 밖으로 나갔다. 검은 정장의 남성들도 그 뒤를 따라나서며 소란이 일단락되자 문 사장은 다시 의자에 앉았다. 테이블 밑의 복이를 일단 다독여 한옥으로 먼저 들여보내며 산도깨비를 찾았다. 이미 바깥의 소란으로 심기가 불편해진 산도깨비가 툇마루에 앉아 있었다.

"겁 대가리를 상실한!"

"노여움 푸세요. 결국 아이가 죽었어요. 엄마 뒤를 따라왔는지 아이가 엄마 옷자락을 잡고 서 있더라고요."

"나도 그걸 아니까 동티든 벼락이든 거둔 거다. 애가 불쌍해서. 그러게 그렇게 문이 안 열리게 조심하랬거늘……. 저 아이도 어서 차사를 따라가야지. 악귀 기운을 받아 죽은 거라 영향이 있을 수도 있어."

"찝찝하네요……."

6.

사당으로 들어가는 대문 앞에서 문 사장과 영진이 서로 고개를 숙여 인사를 했다. 6개월 전 박아두었던 말뚝이 땅이 파헤쳐져 사라져 있었다. 이럴 줄 알았다는 표정의 문 사장을 침울한 표정으로 보던 영진이었다. 아이를 잃은 지 얼마 안 된 아버지치고 잘 견디는 중이라고는 하지만 얼굴이 반송장 같았다.

"와주셔서 감사합니다. 제가 왔을 때에는 이미 예전처럼 복구가 되어 있었습니다. 동생 내외에게 신신당부를 하고 잘 지키겠다고 해서 믿었었는데……. 결국 이런 사달이 났네요. 우리 준우… 절대 용서 못 합니다. 그 녀석들 제가 올 줄 알았는지 어디론가 숨어버렸어요."

"직접 기운을 보내는 꽤나 강력한 비방이었는데. 역순대로 처리한 걸 보면 무당이나 이쪽을 잘 아는 관련자인 것 같네요."

기분이 찝찝했던 것은 이것 때문이었나. 사당 안쪽도 사당 바깥쪽도 귀기가 더욱더 흘러넘치고 있다.

지금 들어가면 위험하다. 허주신도 신이라고 산도깨비가 직접 오지 않는 이상 지금은 방법이 없다. 다행히 저 악신은 사당에만 터를 잡고 움직이지 않는 것 같으니 일단 저기 두고.

"양밥 전문 무당이나 악신을 모시는 무당을 일단 찾아봐야겠네."

 문 사장이 중얼거리며 사당 주변을 돌아보기 시작했다. 한참을 돌고 이곳저곳을 쑤셔보던 그때.

 "찾았다."

 문 사장이 가져온 부적의 형태를 보던 산도깨비는 고개를 끄덕였다. 누가 봐도 양밥이다. 사당 문을 연 것에 더해 양밥까지. 막걸리를 한 잔 쭈욱 들이켠 후 도토리묵을 한 움큼 집어 입으로 털어 넣으며 산도깨비가 말했다.

 "양밥은 기운을 남기니 따라가기만 하면 술자를 찾기 쉽지."

 "저도 알고 있습니다. 그런데 사당 문을 열 정도로 실력 있는 자가 이렇게 허술하게 보란 듯이 부적을 남기고 갔을까요? 뭔가 찾을 테면 찾아봐라… 같은 느낌이라 의심스러워요. 의도가 있는 행위니까요."

 "의도가 없다면 내 기운을 보고도 물러서지 않았으니, 능력이 대단한 놈이란 거겠지. 문가야 손 떼거라. 이 일 말고도 넌 나의 일도 풀어서 매듭지어야 할 것 아니냐. 시간이 남아도느냐. *쯔쯔.*"

 툇마루 위로 부적을 올려놓고 뚫어져라 보던 문 사장이 말했다.

"물론 산 님의 일이 일 순위이지요. 그런데… 이 부적 본 적이 있는 것 같아요. 제가 무당은 아니지만. 무당집에 있을 때 그때 신어머니가 쓰던 것과 비슷해요."

"안 그래도 말하려던 참인데. 방금 기운을 따라가 봤더니 아주 가까운 곳에 있구나."

"가깝다고요?"

소스라치듯 놀라며 문 사장이 벌떡 일어서자 움직임으로 술상이 흔들렸다. 막걸리가 쏟아지기 전 산도깨비와 복이는 각자의 음식을 손에 들었다가 자연스럽게 다시 상에 올려놓았다. 한두 번 해본 솜씨가 아니었다.

"그 무당이 맞는 게냐? 널 어릴 적 거뒀었다는?"

"네. 그런 것 같아요. 귀들은 뭐 하나 몰라요. 그런 나쁜 년 안 잡아가고."

* * *

끼익. 문이 열리며 울상을 지은 복이가 가게 쪽에서 마당을 가로질러 뛰어와 한옥 댓돌에 올라왔다.

"산 님, 사장님. 지금 손님 두 분 오십니다."

'무서워요'라고 말하는 듯한 얼굴로 오들오들 떠는 복이를 산도깨비가 커다란 손으로 쓰다듬어 주며 문 사장을 향해 고개를 돌렸다.

"그래. 느껴진다. 겁도 없는 놈들. 진짜 찾아올 줄이야. 문가야 가서 문 열거라. 내가 직접 봐야겠다."

"네, 산 님."

진짜 찾아왔네. 대단한데. 일부러 사당에 다시 갔던 날 부적이 있던 자리에 산도깨비의 기운이 묻은 물건을 두고 왔다. 기운을 읽고 직접 찾아온 상대방에게 문 사장은 살짝 긴장을 했다.

'정말 그때 그 신어머니? 설마… 마지막 봤을 때 신기가 빠질 대로 빠졌던 것으로 기억하는데…….'

문 사장이 긴장한 듯 카운터를 뒤로하고 문을 노려보았다.

왔다. 딸랑. 맑은 풍경 소리와 함께 노년의 여자와 문 사장과 비슷한 나이대로 보이는 남자가 들어섰다.

"안녕하세요. 이 앞으로 이사 온 사람입니다. 떡 돌리러 왔어요."

옆의 무뚝뚝한 표정의 남자가 들고 있던 떡 쟁반을 문 사장에게 건넸다. 얼어붙은 문 사장을 향해 노년의 여자가 환하게 웃으며 말했다.

"오랜만이지? 그래. 지금 이름은 뭐니? 호호호. 지금도 때 되면 이름 바꾸고 사니? 네가 모시는 분 어디 계시니? 인사 올려야겠다."

한순간 당황하던 문 사장이 눈에 힘을 주고 노년의 여자를 노려보았다.

"당신 따위가 산 님을 뵐 수 있을 것 같아? 당장 돌아가시지. 동티 맞기 전에."

"넌 여전하구나. 하긴 그 성질머리 어디 가겠니. 저쪽이구나."

문 사장을 밀치고 카운터 뒤의 쪽문을 열었다.

"호오. 이렇게 생겼구나. 위에서 보면 기왓장이랑 마당밖에 안보여서."

"위?"

노년의 여자가 마당에 들어서며 웃으며 대답했다.

"너희 가게 앞. 저 건물. 내가 샀거든. 위에서 아주 잘 보여. 여기."

경악하는 문 사장을 뒤로한 후 노년의 여자가 손을 공손히 모으고 한옥을 향해 허리를 숙였다.

"처음 뵙습니다. 무당 김순호라 합니다."

어느새 젊은 남자가, 들고 왔던 음식 쟁반을 조심스레 툇마루 위로 올려놓고 허리를 숙여 예를 갖추었다. 그리고 빠른 뒷걸음으로 마당을 지나 다시 가게로 들어갔다.

덜컹 소리가 나더니 한옥의 미닫이문이 저절로 열렸다. 당황한 문 사장을 뒤로하고 김순호는 의기양양하게 툇마루를 지나 방 안으로 들어갔다.

문가, 너도 들어오거라.

뇌로 직접 울리는 천둥 같은 소리에 살짝 눈살을 찌푸린 문 사장은 한 손으로 귀를 탁탁 치며 한옥을 향해 걸었다. 방 안으로 들어가기 직전 고개를 돌려 저 멀리 서 있는 남자에게 무언가 말을 하려고 하다 다시 내리친 호통에 얼른 미닫이문으로 들어갔다. 무표정으로 가게에 가만히 서 있던 남자는 끝까지 무표정으로 일관하다 문 사장의 모습이 사라지자 마당으로 향하는 가게의 쪽문을 닫았다.

김순호의 얼굴을 찬찬히 살피던 산도깨비는 무언가 위화감을 느끼는 중이었다. 무언가 어색한… 자세히 들여다보며 집중해도 보이지 않는다. 마치 회오리치는 검은 안개 같다. 강적이군. 사당 문을 열었다고 할 때부터 만만치 않은 상대임은 알았는데… 만신도 아닌 것이 어디서 이런 기운을 끌어왔다는 거지? 보면 볼수록 모르겠다.

표정을 읽었다는 듯 김순호가 살짝 웃으며 말을 꺼냈다.

"제가 얼마나 강한 기운을 운용하는지 궁금하십니까? 말로 말고 직접 보여드릴 수도 있습니다."

"다 늙어 이제 곧 신도 떠날 몸. 뻔하다. 게다가 뒤에 신도 안 보이는구나. 제대로 내려온 신이라면 내 눈에 안 보일 리가 없는데. 넌 도대체 어떤 악신을 달고 다니는 게냐?"

반달눈을 하고 웃는 김순호가 어릴 적 자신을 데리러 오던 그날의 웃음과 비슷하다고 느끼며 온몸에 소름이 돋는 문 사장이었다.

'빌어먹을……. 젠장, 언젠가 한 번은 마주칠 줄은 알았지만 정말… 역겨운 노인네. 잠깐, 그렇다는 말은… 저 남자는 설마?!'

소리 없이 하얗게 질려 눈이 커다래진 문 사장을 보고 산도깨비는 혀를 쯧쯔 찼다. 아직도 저렇게 표정 관리를 못 하니 이런 것한테까지 기가 밀리는 것이다. 아무리 가르치고 타일러도 들어먹질 않는다.

"문가, 넌 나가라. 어지럽히지 말고. 나까지 어지럽구나."

벌떡 일어선 문 사장이 김순호를 한번 째려보고는 뛰쳐나갔다.

"저 아이는 여전하네요. 다루기가 힘 드셨…"

반달눈을 하고 큭큭 거리는 김순호를 띠껍게 바라보던 산도깨비는 말을 잘랐다.

"네 이야기나 해보아라. 무엇을 보여준다는 게냐. 여기까지 들어 온 것만 해도 능력은 충분히 알았다. 힘의 본질은 모르겠지만. 깨끗하지 않다는 것은 불 보듯 뻔 한 것이고."

다시 한 번 다소곳하게 방석 위로 자세를 다잡은 김순호는 산도깨비를 향해 고개를 숙이며 대답했다.

"제가 산도깨비님을 이 터에서 해방시켜 드리면, 저에게 무엇을 주시렵니까?"

"!"

산도깨비가 허허 웃더니 손으로 고개를 받치고 누워있던 몸을 일으키며 원래의 무서운 표정과 몸집으로로 변했다.

'저게 진짜 모습이군.'

김순호가 영적으로 변하기 시작한 산도깨비의 본체를 훑어보았다. 역시 빈틈이 없다.

"너 인간 여자. 어디 한 번 들어나 볼까?"

산도깨비의 천둥 같은 목소리에 한옥이 흔들거렸다. 김순호는 다시 반달눈이 되어 고개를 조아렸다.

문 사장이 문을 열고 가게로 들어오자 무표정으로 서 있던 남자가 힐끗 문 사장을 쳐다봤다. 텅 빈 눈동자. 예전에도 그랬던가. 너무 어릴 때라 기억이 나질 않는다. 문 사장이 떨리는 목소리로 남자에게 다가갔다.

"너, 혹시, 맞아?"

"어릴 때 이름으로 찾는다면, 지금의 내가 아니겠지만. 그래……. 오랜만이야 누나. 누나는 지금 이름이 뭐야?"

아, 말할 수 없는 건가… 라고 혼잣말로 읊조리는 남자의 손을 확 낚아챈 문 사장의 눈이 커질 대로 커졌다. 그리고 이내 눈물이 차오르기 시작했다. 여전히 무표정한 남자가 잡히지 않은 다른 손으로 잡고 있던 문 사장의 손을 힘을 주어 내렸다.

"난 성은 바꾸지 않아. 이름만 사용하고 바꾸지. 주변 사람들은 편하게 이니셜로 '케이'라고 불러. 이름은 나한테 의미가 없으니까."

"어, 그래. 알았어."

눈물을 참고 문 사장이 케이의 얼굴과 몸을 검사하듯 이리저리 돌려 보았다. 마치 엄마가 아이를 다루는 듯했다.

"난 네가 죽은 줄 알았어. 경찰서에 가서 말했지만 아무도 믿어주지 않아서. 살아있었네… 살아있었어. 다행이다."

잊고 있었던 어린 시절의 기억이 떠오른다. 문 사장은 다시 눈물이 왈칵 날 것 같았지만 꾹 참았다. 이 애 앞에서는 우는 것조차 미안했다. 케이는 여전히 무표정하게 서 있었다. 다시 말을 걸려던 순간. 어느새 마당을 가로질러 돌아온 김순호가 가게로 발을 들이며 둘을 향해 말했다.

"둘이 같이 있는 게 얼마 만이니. 너는 왜 도망을 가서, 쯧쯧. 내가 설마 사람을 죽이겠니? 요즘 같은 시대에. 얘~! 그러다가 감옥 가~! 호호호."

"그러면 경찰이랑 갔을 때 왜 도망갔어?"

문 사장이 부들부들 떨며 김순호에게 소리 질렀다.

"어휴, 저 성질머리. 여전하네. 너랑 할 말 없다. 케이야 가자."

잡을 새도 없이 김순호는 케이가 열어주는 문으로 나가고 뒤이어 케이도 나가버렸다. 멍하게 그들이 떠난 자리에 서 있던 문 사장의 몸을 복이가 살살 흔들었다.

"사장님, 산 님이 찾으세요."

"어, 알았어. 복아."

미닫이문을 닫고 방석에 털썩 주저앉은 문 사장을 산도깨비가 인상을 쓰고 마주했다. 심각한 분위기인 것을 파악 못 하고 있는 문 사장에게 산도깨비는 결국 호통을 쳐버렸다.

"네 이놈 문가야! 정신 줄 똑바로 잡거라!"

"헉! 네!"

벼락이 소리로 변해 귀를 때린다면 이런 것일 것이다. 깜짝 놀라 자세를 고쳐 잡은 문 사장의 눈앞에 평소보다 붉고 화난 산도깨비의 얼굴이 보였다.

"저 늙은 무당이 나를 해방시켜 줄 수 있다고 거래를 제안해 왔다."

"!"

생각지도 못한 말에 문 사장은 할 말을 잃었다. 분명 그 당시에 한가락 하는 무당임은 틀림없었다. 양밥, 저주만을 업으로 삼고 모시는 신은 이름조차 없는 악귀였다고 기억한다. 아니지. 내가 그때 너무 어려 제대로 기억을 못 하는 건지도.

'하지만 산 님을 해방시킬 힘을 가진 인간은 없을 텐데. 도대체 어떻게?'

생각을 빠르게 정리 한 문 사장이 질문을 했다.

"산 님. 방법은 들으셨습니까? 인간의 힘으로는 무리입니다. 이미 만신이라 불리던 분들도 여럿이서 굿을 하시다 실패했었다고 하지 않으셨습니까. 그때가 조선시대입니다. 지금은 그런 만신들이 거의 사라져 없다시피 하다고 하셨잖습니까. 게다가 지금은 주변 자연환경이 파괴되어 자연의 힘도 받을 수 없습니다."

"그렇지. 네 말이 맞다. 원래라면 그 자리에 있어야 하는 것들이 인간들 욕심 때문에 다 사라졌지."

"그러니까요! 그 여자 말을 어찌 믿으신다는 겁니까?"

"그 늙은 무당이 무슨 재주를 부릴지는 상관없다. 조건은 너와 같다. 날 묶은 산신과 서낭신을 찾아 내 대신 살을 맞는 것."

말도 안 돼! 문 사장은 경악했다. 자신 외에는 할 수 없다. 나는 삼신할미도 버린 빌어 태어난 아이니까. 그런데 그 여자가 어떻게? 설마.

"케이……."

산도깨비는 평소와는 다르게 목소리를 낮추고 본모습으로 돌아와 문 사장을 굽어보았다. 평소보다 더 커지고 무서운 붉은 얼굴을 올려다보며 문 사장이 단호하게 말했다.

"제 쪽이 먼저입니다. 계약은 저와 먼저 하신 겁니다. 제가 찾겠습니다."

"알고 있겠지만 나는 내 일에 관해서는 너에게 힘을 줄 수 없다. 절대 잊지 말거라."

"네."

평소처럼 강단 있게 대답한 후 문 사장이 밖으로 나왔다. 이제 미룰 수 없다. 그 여자가 어떤 조건을 걸었는지 알지 못한다. 확실한 것은 그 여자가 두 신들을 찾은 후 대신 신벌을 받게 하려는 사람이 케이임이 분명 했다. 그러려고 데리고 다니는 거겠지. 나쁜!

"내가 먼저 찾아야 해."

심각한 문 사장의 옆으로 복이가 안절부절못하며 주위를 맴돌았다.

"간식 줄게. 이리와 복아."

아무렇지 않은 듯 복이와 손을 잡고 부엌으로 들어와 부뚜막에 앉았다. 간식 상자를 주섬주섬 뒤져 제일 맛있는 간식을 꺼내 까서 복이의 손에 쥐어 주었다. 까슬까슬한 빡빡머리를 쓰다듬으며 마음을 다잡았다.

'내가 그 여자에게 지면 겨우 찾은 지금의 내 집, 내 자리를 뺏기는 거야. 내가 어떻게 자리 잡은 내 자리인데. 염라대왕이 와도 절대 안 뺏겨.'

7.

할머니까지 돌아가시고 천애 고아가 된 문 사장. 그때 나이 겨우 여덟 살. 겨울이 갓 시작되던 11월 초였다. 귀신 들린 아이라고 이미 온 동네를 넘어 읍내까지 소문이 퍼지자 문 사장은 학교에서조차 따돌림을 당했다. 그래도 시골 인심이 좀 남아있어 집집마다 돌아다니면서 밥과 잔 반찬을 얻어다 끼니를 때웠다. 할머니와 살 때도 늘 가난했지만 문 사장이 직접 끼니 걱정을 하지는 않았었다. 가난했지만 가난을 인지하기도 어려운 시골의 삶이었다. 손녀 배앓이할까 국이 없을 때에는 따뜻한 숭늉이라도 만들어 먹이던 할머니셨다. 그런 할머니의 손이 떨어지자마자 거지처럼 밥을 얻으러 다니게 된 문 사장은 그날도 추운 날씨에 밥을 얻으러 갈 채비를 하였다. 날이 추워지면 해가 일찍 떨어진다. 작은 동산 같다고는 하지만 언덕쯤에 집이 있기에 더 빨리 돌아와야 한다.

방문을 나서려던 그때 동네 이장 목소리가 들렸다. 문 사장이 얼른 밖으로 나가 허리를 굽혀 인사를 하니 이장은 손가락으로 문 사장을 가리켰다. 옆에는 화장을 진하게 한 중년의 여성이 서 있었다. 김순호였다.

"많이 말랐네. 아이고, 애기야 아줌마 따라가자. 아줌마가 이제 네 엄마야."

나중에 알고 보니 이장이 수고비 몇 푼에 마을 골칫거리였던 문 사장을 알음알음했던 유명한 무당 김순호에게 식모로 떠넘긴 것이었다. 그 당시 너무 어렸던 문 사장은 영문도 모른 채 작은 짐 보따리만 하나 든 채로 김순호를 따라나섰다. 숟가락 젓가락, 속 옷 몇 장, 백일 때 찍은 가족사진 그리고 할머니 사진. 짐 보따리마저 가난했다. 김순호의 손을 잡고 처음으로 태어나고 자란 고향을 떠났.

도시에서의 삶은 신기한 것 투성이었다. 시골과 다른 환경. 학교는 가지 못했다. 나중에 식모로 데려왔다는 것을 듣고는 혹시라도 쫓겨날까 고사리 같은 손으로 열심히 일했다. 얼마 후 네 살 남자아이가 집으로 들어오고 문 사장은 아이까지 돌보게 되었다.

"영희야. 철수 잘 보고 있어. 전화 오면 메모 잘 해놓고. 오늘부터 큰 굿이 있어 며칠 걸릴 테니."

"네, 어머니 다녀오세요."

김순호를 배웅한 후 문 사장은 전화기가 올려진 탁자 앞에 앉아 철수와 놀아주기 시작했다. 이곳에서 문 사장은 원래 이름 대신 영희라는 이름으로 불리었다. 철수는 진짜 이름이 있는지 잘 모르겠지만 이곳에 와서 철수가 되었다. 이유는 간단했다. 김순호가 부르기 쉬운 이름. 길에 가면 발에 채일 이름. 영희와 철수.

영희는 똑똑했다. 영희는 마을에서 귀신이 붙었다는 소문에 따돌림을 당해 봤기에 귀를 볼 수 있다는 사실을 철저히 숨기며 지내왔다. 게다가 무당인 어머니 때문인지 집이나 당집에서 다른 귀들을 보지 못했다. 그래서 오히려 편했다. 영희의 영특함을 알아본 김순호는 신당에 데리고 다니며 영희에게 무속 쪽 일이나 용어 등을 가르쳤다. 이때가 문 사장이 선무당 행세를 할 만큼의 무속신앙을 배우게 된 때였다. 시간이 흘러 어느새 영희가 열 살이 되던 해였다. 큰 기도를 올린다고 준비를 해 집을 비운 김순호 덕분에 오랜만에 쉴 수 있던 날이었다. 철수는 여섯 살이 되었지만 처음 봤을 때와 크게 달라지지 않았다. 김순호는 영희에게는 매끼 고기반찬에 간식까지 아낌없이 먹게 했지만 정작 어려서 더 잘 먹어야 하는 철수는 배고파 울지 않을 정도로만 음식을 따로 주게 했다. 언젠가 영희가 몰래 고기반찬을 조금 숨겼다 철수를 먹였는데 평소 먹지 않던 기름진 음식이 들어가 데굴데굴 구를 정도로 복통이 왔다.

결국 김순호에게 크게 혼난 후 영희도 철수도 자신의 음식만을 각자 먹게 되었다. 그렇게만 살았어도 영희와 철수는 만족하고 살았을 것이다.

김순호가 굿 당으로 떠나고 둘은 오랜만에 TV를 틀고 만화영화가 나오는 채널을 찾았다. 신정 설이 지난 지 얼마 안 되었기에 집에는 전이나 떡 등 먹을 것도 제법 있었다. 영희는 떡을 가져와 조청에 찍어 먹으며 또 다른 조청이 가득 든 접시를 철수에게 주었다. 조청을 받아 맛있게 손가락에 찍어 먹는 철수와 나란히 앉아 만화를 보다 따뜻한 이불 안에서 잠이 들었다.

따르릉.

깜짝 놀라 일어난 영희가 자동으로 수화기를 들었다.

"여보세요. 순호당 입니다."

– 김순호 씨 계신가요?

"아니요. 자리 비우셨습니다. 성함과 연락처를 남겨주세요."

– 장 비서라고만 말씀드리면 아실 겁니다.

딸각. 수화기를 내려놓는 영희를 바라보며 철수가 이불 밖으로 얼굴을 내밀었다.

"누나. 조심해. 지금 그 전화 건 아저씨. 무서운 아저씨야."

"뭐? 그게 무슨 말이야?"

이불을 들추고 다시 따뜻한 아랫목에 들어가 철수에게 물었다.

"그 아저씨 뒤에 더 무서운 아저씨도 있어."

"우와, 너 예지몽 꾸기 시작했어? 우와! 부럽다!"

솔직한 마음이었다. 영희는 무당인 어머니 밑에서 공부를 하며 자신은 귀들을 볼 줄만 알았지 다른 능력은 아무것도 없다는 것을 스스로 깨닫고 있는 중 이었다. 그래도 이곳에선 식모라지만 밥도 잘 먹고 학교 공부는 아니지만 귀들에 대해 공부할 수 있어 좋았다. '차라리 나도 무당이 되면 좋을 텐데.'라는 생각까지 들었다. 하지만 시간이 지날수록 지금 이렇게만 살았으면 좋겠다고 생각했다. 그러나 철수는 달랐다. 철수는 귀들도 보고 얼마 전에는 손님의 과거를 맞추며 어머니를 기쁘게 했다. 그런데 이제 예지까지. 어린 철수가 부럽기만 한 영희였다.

"… 누나. 여기 있으면 누나는 죽어."

영희의 눈이 커다래졌다.

며칠 후 돌아온 김순호에게 영희가 그날 있었던 일을 마치 자신의 일처럼 기쁘게 말했다. 그 말을 듣자 김순호의 눈빛이 반짝였다.

"됐다! 됐어! 오호호호~."

마치 굿 당에서처럼 자리에서 일어나 빙글빙글 돌다 그 자리에서 쿵쿵 뛰기 시작했다. 재미난다는 듯 바라보던 영희는 바로 뒤에서 덜덜 떨고 있는 철수를 보지 못했다.

장 비서가 찾아온 것은 구정 연휴가 시작되기 전날이었다. 한창 음식을 만들던 영희가 손을 멈추고 평소처럼 녹차를 내어 손님께 가져가려고 준비를 할 때였다. 장 비서라는 사람이 뚫어지게 영희를 바라보다 김순호에게 물었다.

"이 아이 입니까?"

"네. 호호. 걱정 마십시오. 이번 일 잘 되면 회장님께 꼭 말씀 좀 잘 해주세요."

"믿고 가보겠습니다."

어리둥절한 영희가 녹차가 든 쟁반을 들고 어찌할지 모르고 서 있자, 김순호는 부엌으로 다시 들어가라는 눈빛을 보냈다. 눈치 빠른 영희가 다시 부엌으로 와 쟁반을 내려놓자 식탁에 앉아 함께 음식 준비를 하던 철수가 영희의 손을 잡았다.

"누나, 도망가. 오늘 도망 못 가면 누나는 죽어."

"!"

네 살이나 어리지만 예지력을 드러낸 철수의 말이기에 영희는 경악했다. 영희 또한 영특했던 것이다. 무언가 잘못되어

가고 있다. 그런데 그게 왜 나지? 난 이제 '귀'들을 보지도 못하는데. 내가 무슨 잘못을 했나? 혼란스러운 눈빛으로 철수를 향해 눈빛을 보냈다. 철수는 영희의 손바닥에 글자를 썼다. 귀가 밝은 김순호의 눈을 피한 둘만의 비밀이었다.

진짜야?

응. 오늘이야. 지금. 지금 나가야 해.

철수는 거실 한가운데서 눈이 뒤집힌 채 쿵쿵 뛰고 있는 김순호를 바라보았다. 철수가 주머니에서 종이 쪽지를 하나 꺼내 영희의 손에 들려주었다.

나가서 무조건 뛰어. 경찰서로 가서 이 쪽지를 줘.

철수가 꼭 잡고 있던 손을 확 놓자 영희는 현관으로 뛰어가 신발을 신고 대문 옆 비어있던 개집에 미리 준비해 두었던 짐 보따리를 끌어안고 대문을 박차고 뛰기 시작했다. 가까운 파출소는 안 된다. 더 멀리 있는 큰 경찰서로!

자신보다 어렸지만 더 어른스러웠던 철수와 미리 준비해 두었었다. 어렵지 않았다. 그러면 남은 철수는 어찌 되는 것인가……. 그 물음에 철수가 여섯 살 아이답게 밝게 웃으며 대답했다.

나중에 누나가 나 구하러 오면 되지.

빨리 돌아올게. 기다려.

8.

 소영이 의기소침하게 THE MOON의 문을 열고 밖으로 나오자, 따라 나온 복이가 소영의 손에 사탕을 하나 들려주었다. 복이 눈에도 소영이 불쌍해 보였나 보다.

 "고마워. 복아. 나중에 또 보자."

 여전히 비싼 비용이다. 다른 무당집을 여러 곳, 지방에도 내려가 유명하다는 곳을 찾아갔었다. 앉기도 전에 쫓겨났다. 굿이나 비용이 문제가 아니란다. 천만금을 줘도 해줄 사람이 없을 거라 한다. 결국 그나마 비용이라도 먼저 제시한 문 사장밖에 방법이 없었다. 다시 찾아왔지만 지난번과 같은 대답만 듣고 지금 자신은 바쁘다고… 이번에는 산도깨비님도 뵙지 못했다. 적어도… 집에 있는 그 무서운 남자라도……. 그사이 방학을 해서 다행히 본가에 내려가 있었지만.

 '그 집에 책이며 옷이며 다 있는데……. 큰일이네.'

 당장 눈앞에 보이지 않는 조상신보다는 그 남자가 더 무서웠다.

 "어차피 베란다 밖에 있었으니까 괜찮지 않을까? 인터넷 찾아보니 문을 열어주지 않으면 못 들어온다던데. 하아…, 나 진짜 어떡해……."

 혼잣말을 중얼거리던 소영이 머리를 감싸고 눈을 질끈 감았을 때였다. 감았던 눈을 반짝 떴다.

순호당.

저번에 왔을 때는 없었던 당집이 THE MOON의 맞은편 건물에 생긴 것이다. '밑져야 본전이다'라는 생각으로 소영은 맞은편 건물로 걸어 들어갔다.

사실 문 사장은 무당이 아니다. 그래서 THE MOON 자체는 평범한 가게와 같은 구조와 느낌을 준다. 가게 뒷마당에 자리한 스산한 흉가 같은 한옥을 보지 못했다면 평범한 앤티크 숍이라고 생각을 할 것이다. 방금 THE MOON을 나와 바로 들어온 이 순호당이란 당집은 분위기 자체가 완전히 달랐다. 무섭다. 공포. 식은땀을 흘리며 소영은 다시 나가지도 들어가지도 못하고 안절부절못하고 남자의 앞에 서 있었다.

"마침 지금 타임이 캔슬 되었는데. 운이 좋으시네요. 안으로 들어가세요. 손님."

케이가 열어주는 문을 지나 들어서며 소영은 갑자기 눈앞이 흐릿해지는 것을 느꼈다. 살짝 어지러운……. 향냄새가 강하다. 흐릿한 눈으로 케이를 따라가 무당으로 보이는 여자의 앞에 앉았다. 보자마자 쫓아내지는 않아 다행이라고 생각했지만 두통이 오기 시작했다.

"호오. 너는……. 그래그래. 아무 말도 하지 말거라. 말하면 더 고통을 줄 거야. 네 뒤의 신이 화가 많이 났구나. 큭큭."

김순호가 탁자를 옆으로 치우고 몸을 일으켜 손바닥을 소영의 정수리에 얹었다. 방 바깥에서 대기 중이던 남자가 고개를 끄덕인 후 새 향을 꺼내 불을 붙였다. 아까보다 더 역한 냄새에 소영이 헛구역질을 했다. 두통이 더욱더 심해지는가 싶더니 펑! 하고 정수리가 뚫리는 느낌과 차가운 바람이 머릿속을 훑으며 두통이 사라지기 시작했다. 흐릿하던 눈도 다시 맑아졌다. 그에 반면 냄새는 더욱더 심하게 느껴졌다. 신기한 경험에 소영이 자신의 머리에서 손을 거두고 자리에 앉는 무당을 쳐다보았다.

"후후. 어때? 시원하지?"

"네. 이게 무슨……."

"깊게 알려고 하지 말거라. 큭큭. 네 뒤의 신을 좀 떨어뜨려 놨지. 당분간은 괜찮을 거다. 자. 무슨 일로 왔지?"

소영은 그간의 일을 말했다. 흉가체험, 남자친구 준영의 사건 그 이후 자신에게 보이는 꺾인 목의 남자. 그 남자가 베란다 밖에 서 있었다고. 너무 무섭다고. 신내림도 싫다고.

말을 쏟아내던 소영은 결국 꺽꺽 울기 시작했다. 아무렇지 않은 척하는 것뿐이었다. 드디어 자신의 말을 다 들어주는 눈앞의 무당 앞에서 소영은 서럽게 울어버렸다.

"그래그래. 다 풀 거라."

무당이 소영의 어깨를 다독다독 해주며 소영의 머리를 쓰다듬었다. 한참 후 눈물을 멈춘 소영에게 무당이 한 가지 제안을 했다.

"내가 널 도와주마. 돈은 안 받을 테니. 나중에 날 한번 도와주면 되는데. 딱 한 번이란다."

소영이 무당의 말에 홀린 듯 '네'라고 작게 대답을 하던 그때.

"누나! 누나! 작은누나!! 큰누나가 누나 데려오래요!!"

분명 밖에서 외치는 어린아이의 목소리인데 말도 안 되게 5층까지 쩌렁쩌렁 울렸다. 화들짝 놀라 정신이 든 소영이 창문 쪽을 쳐다봤다.

"복아?"

분명 복이 목소리이다. 무슨 일이 생긴 건가? 작은누나라니 혹시 나를 부르는 건가? 큰누나라면… 설마… 문 사장님?!

벌떡 일어선 소영이 황당한 표정을 하고 올려다보는 무당에게,

"제 말 들어주셔서 감사합니다. 내일 부모님과 상의하고 다시 올게요."

라고 말하고는 빠르게 방을 나섰다.

황당해하던 무당은 바깥에 서 있던 남자에게 소리를 질

렸다.

"케이! 돈 받지 말거라! 받으면 안 돼!!!"

문을 열고 나서려던 소영이 돈이라는 단어를 듣고 '아차'하며 빠르게 지갑을 꺼냈다. 5만원 지폐 한 장을 대기실 접수대에 올려놓은 후 뒤를 돌아 케이에게 목례까지 하고 뛰쳐나갔다.

"안 돼!!!!"

악을 쓰는 소리를 뒤로 하고 소영은 THE MOON으로 향했다.

문 앞에 서 있던 복이가 뛰어오는 소영에게 폭 안겼다.
"복아 무슨 일이야? 너 맞지? 아까 소리 지른 사람."
"네! 누나 정말 큰 일 날 뻔했어요! 얼른 들어가요."
라고 말하며 복이가 소영의 팔을 끌고 가게로 들어갔다.

아래를 내려다보던 김순호가 부들부들 떨며 케이에게 소리를 질렀다.
"돈을 왜 받아!! 왜!!"
"알아서 두고 가던걸요. 아마 조상신이 무의식으로 끌어낸 거겠죠."

소영이 대답은 했지만 제안의 대가로 돈을 두고 갔다. 돈 대신 다른 것을 받으려던 계약이 무산되었다.

악을 쓰는 김순호를 무표정하게 쳐다보던 케이가 다시 창문 아래를 내려다봤다.

"저 똥강아지. 똑똑하네."

문 사장이 소영을 쳐다보며 경악스러운 표정을 짓자, 소영은 주눅이 들었다.

"너!! 너!! 너!! 큰일 날 뻔했어! 아니야!! 큰일 났어!!"

얼마나 흥분했는지 존대를 하던 말투가 너로 바뀌었다. 소영은 왜 혼나는지도 모른 채 얌전히 문 사장의 벼락을 맞았다.

"너 지금 영안이 완전히 열렸어! 귀문도! 조상님이 눈까지 가려주며 보호해 주던 것을……. 김순호 저 망할 인간!! 애를 어떻게 이렇게 다 열어놓을 수가……. 아무리 강한 조상신이라도 더 강하거나 같은 급이면 상처를 입는다고! 아이고……. 너 복이 아니었으면 어쩔뻔했어!"

귀문? 영안? 다 열렸다고?! 소영도 제법 인터넷에서 찾아보던 것이 있기에 이 단어들이 어떤 뜻인지 알고 있었다. 나 정말 신내림 받아야 하는 거야?

소영의 눈에 눈물이 차올랐다. 그런 소영을 보자 쏘아붙이던 말을 멈추고 문 사장이 한숨을 쉬었다.

"내가 사실 요즘 좀 바빠. 그래도 도와줄게. 내가 할 수 있는 선에서. 난 무당이 아니야. 알지?"

소영이 고개를 크게 끄덕였다.

"나만 할 수 있는 것도 있지. 대신 나를 좀 도와줘. 너의 조상신이 혹시 나에게 가르침을 줄 수도 있으니까."

'순호당' 무당은 김순호이고 접수대의 남자는 케이라고 신아들이라는 것을 알게 되었다. 머리를 쓰다듬고 어깨를 만져주고… 향을 피우고. 그 모든 것이 조상신을 떨어뜨리고 그 사이 귀문을 여는 것이었다는 것을 알게 되자 소영은 경악했다.

"귀문과 영안을 닫는 것이 여는 것보다 어려워. 일단 우리 집으로 가자. 방법을 좀 생각해 보자. 그것도 문제지만… 너에게 무엇을 해달라고 하려던 거였을까……."

얌전히 듣고 있던 소영이 갑자기 생각난 듯 말했다.

"저 사장님. 저 잠깐 집에 가서 옷 좀 챙겨 와도 될까요? 아직 밝으니까 얼른 다녀올게요. 밤 되면 귀신들이 보일까 봐 무서워요. 다 열렸다면서요."

울상을 짓는 소영을 향해 문 사장이 같이 가주겠다고 일어섰다. 그리고 이제야 생각난 듯 소영에게 말했다.

"참! 베란다 밖에 서 있었다는 그 남자 귀. 그거 밖에 있었던 게 아니야. 원래 귀는 반사체에 잘 비치거든. 거울이나 유리. 한마디로 네가 본건 네 뒤에 서 있던 그것의 반사체를 본거지. 그놈 계속 너희 집안에 너랑 함께 있었던 거야."

소영은 얼어붙고 말았다.

9.

 문 사장의 집은 가게에서 멀지 않은 원룸촌에 있었다. 소영의 학교 근처였고 친구가 이 근처에 살아서 몇 번 와본 적 있는 길목이었다. 투룸이었는데 옷방으로 사용하는 방에서 소영이 지내기로 했다. 투룸이지만 방들이 제법 컸다.
 문 사장의 집으로 오기 전, 소영의 집으로 함께 간 문 사장은 생각보다 쉽게 그 남자 귀를 천도시켰다. 해치려고 따라온 것이 아니라 파장이 맞아 붙은 경우라고 했다. 교통사고로 죽었는데 처음엔 자신이 죽은지 모르고 있다 자각을 해보니 그곳을 떠날 수 없어 그냥 서 있었다고. 얼마나 그곳에 서 있는지 자신도 알지 못하지만 그날은 비가 오던 음기가 강한 날이었고 소영과 눈이 마주치며 몸이 움직여지더라고. 그래서 무작정 소영을 쫓아왔던 것이라고 했다. 완전히 떠진 영안으로 그 남자를 보니 자신의 이야기를 조금씩 할 때마다 더욱더 사람처럼 보이기 시작했다. 그러다 일반인처럼 보일 때쯤, 그 남자는 이야기를 끝낸 후 사라져 버렸다. 사실 모든 곳에 영가가 있고 저 영가는 귀나 악귀 같은 것이 아니라 저승으로 갈 평범한 영가이기에 말만 잘 들어줘도 저승길이 열린다고 문 시장이 말했다. '영가'는 해를 끼치지 않고, '귀'는 해를 끼치며 그 위로 악귀, 악신 이렇게 문 사장 개인적으로 분류한다고 했다. 그래도 한동안 영가가 머물던 곳이라 음기가 빠지게 비방을 해놓고 당분간 문 사장의 집에서 지내기로 했다.

아무리 들어도 무서운 것은 무서운 것이었다. 귀든 영가든 일단 다 무서웠다. 그래서 소영은 문 사장의 집과 가게를 따라다니며 잡일도 좀 하면서 돈 안 받는 알바생처럼 지내는 중이었다. 그게 덜 무서웠고, 자신의 귀문과 영안을 닫아야 하기에 뭐든 해보고 싶었다.

소영은 반대편 테이블에 앉아 깊은 생각에 빠진 문 사장을 찬찬히 살펴보았다. 가게에만 있는 것 치고는 건강한 진한 피부 빛에 운동도 많이 하는지 반팔 아래의 팔뚝이 꽤 근육질이다. 못나지도 않고 뛰어나지도 않은 평범한 얼굴. 160 조금 넘는 듯한 평범한 키. 다만 화장을 안 해도 좋을 정도로 피부가 좋다. 저건 좀 부럽다고 생각하던 소영이 갑자기 벌떡 일어난 문 사장의 행동에 깜짝 놀라 헉! 소리를 냈다.

"어떤 방법이 있을까? 내가 산 님을 해방시킬 수 있는 방법. 결국 서낭신과 산신을 찾는 것이 베스트인데……. 내가 할 수 있는 것이 없으니……."

다시 침울해져 의자에 앉아 테이블로 고꾸라졌다. 흔들리는 커피잔을 꼭 잡고는 소영이 물었다.

"사장님. 도대체 무슨 일 때문에 그러세요. 저한테도 말해주시면 제가 도울 수도 있잖아요."

엎드려 고개를 소영 쪽으로 돌린 후 문 사장이 한숨을 내쉬었다.

"너 신내림도 싫고 귀들도 무섭고, 영가도 무서워하잖아. 그런데 뭐가 도움이 되겠니. 게다가 네 조상님은 나쁜 무당년 때문에 네 근처에 오지도 못하고."

일단 소영의 집에 조상신을 모셔 놨다. 노발대발 할 줄 알았지만 힘도 약해지고 특히 도깨비 기운이 싫은지 얌전히 집에 모실 수 있었다.

"혹시 너희 조상님이라면 아실 수도. 하지만 나한테는 적대적이시고. 조상님이라고 해도 엄연히 명패를 든 높은 분이실 텐데… 내가 신내림 받기 싫다는 널 돕겠다고 했으니. 내가 얼마나 미우시겠니. 너도 기억해. 신은 냉정해."

"신은 냉정하다……."

문 사장은 핸드폰을 꺼내 이곳저곳 전화를 돌리기 시작했다. 주말이기에 소영은 본가로 내려갈 예정이었다. 어제 문 사장이 가게에서 마음에 드는 장신구를 하나 고르라고 하더니 소영이 고른 작은 팔찌를 들고 한옥으로 들어갔다. 잠시 후 나와서는,

"자. 이거 꼭 차고 다녀. 산 님 기운이 묻어있으니 어지간한

놈들은 붙진 않을 거야. 너도 조심하고. 눈 마주치지 마. 보여도 안 보이는 척해. 특히! 소리! 소리에 반응하지 말고!"

"네. 고맙습니다. 저기… 돈은……."

"됐어. 기왕 도와주기로 한 거. 일전에 너랑 내가 합이 좋다는 산 님 말씀도 있으셨고. 내가 확실히 신내림을 막아줄 수 있는 것도 아니고. 산 님이 힘을 안 빌려주시면 나는 아무것도 아니거든. 아무리 돈 귀가 붙은 나라도……."

"돈을 받을 수가 있겠니."라는 말을 끝으로 소영의 손목에 팔찌를 채워줬다.

문 사장에게 꾸벅 인사를 하고는 소영이 문을 나섰다.

문 사장은 늦은 밤까지 고민을 계속했다. 갑자기 나타난 김순호도 케이도. 풀어야 할 문제가 산더미다.

일단 케이는 안전해 보인다. 소영의 말로도 큰 위화감이 없었다고 하니 일단은 케이보다는 내가 풀어야 할 일이 먼저다. 천천히 차근차근 하나하나 차례대로 풀어가자. 그래야 답도 찾을 수 있다.

'내가 더 무엇을 어떻게 해야 할까…….'

사실 문 사장도 2년 가까이 되는 시간 동안 놀고 있었던 것은 아니었다. 아무리 산 님과 가까이 지내도. 인간과는 다른 존재이다. 계약이 맺어졌다. 그렇다면 지켜야 한다. 게다가 자신은 이미 계약의 효과로 많은 재물을 모으고 있다. 소영에게 했던 말은 사실 문 사장 자기 자신에게 한 말이었다.

"신은… 냉정하다……."

10.

THE MOON이 문을 닫는 단 하루 일요일. 문 사장은 단정한 복장으로 집을 나섰다. 검은 정장을 입고 작은 핸드백을 맨 후 발걸음을 옮겼다. 일요일은 가게에 나가지 않기 때문에 온전히 자신만을 위해 시간을 보낸다. 소영이 뛰쳐나온 이후 김순호의 '순호당'은 문을 닫고 개미 한 마리의 기척도 없다.

'케이는 괜찮겠지?'

이미 성인 어른이다. 당분간 케이 걱정은 하지 말자. 일단 내가 살아야 다음이 있다. 문 사장은 평소처럼 마음을 가다듬고 늘 가던 방향으로 발걸음을 옮겼다.

성당.

미사가 끝난 후 대부분의 신자들이 집으로 돌아갔다. 청년부와 어린이부는 따로 남아 다음번에 있을 행사를 준비하기 위해 부지런히 돌아다니고 있었다. 문 사장은 성가대에서 노래하던 자신의 어릴 적 모습이 떠올라 살짝 웃음이 났다. 공부나 운동 같은 것은 피나는 노력으로 자신의 한계를 넘을 수 있지만 노래는 다르다. 노래만큼은 정말 신이 주신 능력이다. 무엇이든 피 터지게 노력하던 어린 시절의 문 사장은 확실히 깨닫게 되었다.

난 음치구나!

어릴 때를 생각하며 큭큭 웃다 아래쪽에서 신부님의 손짓을 보고 얼른 일어났다. 늘 하던 대로 옷매무새를 정갈하게 가다듬고 마음의 준비를 한다. 신부님의 목소리를 시작으로 절차에 맞추어 고해성사를 시작했다.

"신부님. 저는 죄를 지었습니다. 도와 달라고 찾아온 절박한 아이에게 저는 못난 질투로 그 아이를 위험에 처하게 했습니다. 그 아이와 저를 비교했습니다. 저는 아무도 원하지 않는 사람인데 그 아이는 주변 사람들에게도 조상들에게도 필요한 존재이고 사랑 받는 존재였습니다. 그래서 못난 질투를 했습니다. 앞으로 그 아이를 도울 수 있을 만큼 돕겠습니다."

"자매님. 자매님 주위에 분명 자매님을 걱정하고 도와주려는 분들이 있을 겁니다. 자매님은 잘 해내고 있습니다. 스스로를 고립시키지 마세요."

그 후 절차대로 고해성사를 끝낸 후 문 사장은 조금 편안해진 마음으로 성당 앞 벤치에 앉아 있었다. 그 모습을 보고 나이가 많아 보이는 신부가 문 사장 곁으로 다가왔다.

"아, 박 신부님!"

"클라라, 뭔가 걱정이 있는 얼굴이구나."

문 사장 옆에 자리를 잡고 앉은 신부는 다정하게 말을 이었다.

"넌 어릴 때부터 혼자서 뭐든 다 하려고 했지. 네 천성이라 바꿀 수 없을 거란다. 그래도 주변을 한번 둘러보렴. 능력이 없어도 너를 도우려는 사람들이 분명 있을 거란다. '백지장도 맞들면 낫다'라는 말을 잊지 말고. 널 도우려는 사람들이 있다면 계산하지 말고 그 능력이 얼마가 되든 감사히 받으려무나. 그래도 된단다."

"… 감사합니다. 신부님."

"정 사람이 없다면 내가 성수라도 뿌려서 도와주마."

문 사장과 박 신부가 하하하고 웃었다. 웃음을 멈춘 후 문 사장이 조금 머뭇거리다 고개를 들어 박 신부를 쳐다봤다.

"신부님. '철수'를 만났어요."

"그게 무슨 말이냐? 정말 미카엘이 맞아?"

"네. 여전히 김순호와 함께 있어요."

박 신부가 목에 메고 있던 십자가를 손에 꼭 쥐었다.

* * *

집에서 뛰쳐나온 영희는 심부름을 가거나 굿 당 등을 따라다닐 때 봐두었던 경찰서를 향해 뛰었다. 다섯 정거장 이상을 가야 하는데 버스를 타려니 기다리다 붙잡힐 것 같았다. 영희는 들고 있던 작은 보따리를 꽉 잡고는 차오르는 숨을 내뱉으며 다리를 움직였다. 학교를 다니고 운동을 하는 또래의 어린이들과는 달리 영희는 늘 집에 있거나 승용차로 이동을 했기에 체력이 약했다. 갑자기 뛰는 것이 고통스러웠다. 그래도 가야 했다. 혼자 집에 남아 있는 철수가 나 대신 매를 맞거나 할지도 모른다. 일단 도움을 청해야 한다. 어른이 된 지금 생각해 보면 김순호는 학대를 한 것도 아니고 고아들을 데려다 잘 키우고 있는 선량한 사람으로 밖에 보이지 않을 상황이었다. 그러나 그 당시 아무리 영특했다고는 하나 집에서만 생활하던 어린아이였기에 경찰서로 가면 다 될 줄 알았던 것이다. 그건 아마 어린 철수도 마찬가지였을 거다. TV로만 마주했던 세상이 그들의 전부였다.

가슴이 찢어질 듯한 통증을 느끼며 겨우겨우 경찰서 근처까지 간 영희의 눈에 경찰서 앞에서 서성이는 어머니가 보였다. 옆에는 철수가 손목이 꽉 잡혀 울고 있었다. 영희는 본능적으로 몸을 틀어 오던 방향으로 있는 힘껏 내달리기 시작했고 그때 쾅 소리와 함께 의식을 잃었다.

눈을 떴을 때 그곳이 병원이고 교통사고가 났으며 벌써 일주일 넘게 시간이 흘렀다는 것을 알게 되었다. 경찰이 와서 영희에게 이것저것 질문을 했지만 영희는 철수가 혼자 집에 있다고 눈물만 흘리며 매달렸다. 그 모든 상황을 지켜봤던 박 신부가 차분히 영희의 손을 잡고 물었다.

"네 주머니 안에 우리 성당 전화번호가 있었단다. 그래서 나에게 연락이 왔지. 종이에 미카엘이라고 쓰여 있다고 해서 나는 미카엘이 사고가 난 줄 알았어. 그런데 영희 네가 누워있었단다. 그 철수라는 아이가 미카엘이니?"

"미카엘?"

xx-xxx-xxxx
xx성당
박 미카엘

박 신부가 보여준 쪽지에는 이렇게 적혀있었다. 영희는 삐뚤삐뚤한 철수의 글씨를 바라보았다.

"이름이 미카엘이었구나."

TV에서 본 적이 있다. 성당? 교회? 같은 곳에서는 영어 이름을 쓴다고. 나중에 미카엘은 세례명이라는 것을 알게 되었다.

영희는 그간 있었던 일을 박 신부에게 말했다. 박 신부는 경찰에 자초지종을 이야기했고 경찰은 김순호의 주소지로 가봤지만 아무도 없었다고 한다. 박 신부가 직접 가봤지만 문은 굳게 닫혀 있고 이미 김순호와 철수는 사라진 뒤였다. 게다가 이미 철수는 김순호의 양자로 입양이 되어있어 경찰이 할 수 있는 일이 없다고 알려왔다. 아이의 부모가 아이를 데리고 이사하는 것을 무슨 수로 막을 수 있겠느냐 하는 것이었다. 그나마 영희는 부모님이 없는 고아였기 때문에 일정 시간과 법적 절차를 거쳐 박 신부의 성당 보육원으로 들어오게 되었다.

철수는 미혼모의 아이로 처음부터 이곳에서 자랐다고 했다. 아마 철수는 영희를 자신이 자란 이곳으로 보내려고 성당 전화번호가 적힌 쪽지를 준 것이 아닐까. 그렇게 비록 성당 보육원이었지만, 영희는 '클라라'라는 세례명을 받고 TV 속 세상이 아닌 진짜 세상으로 돌아오게 되었다.

11.

가게로 돌아온 문 사장은 성당에 가기 전 집에서 챙겨 온 노트를 꺼냈다. 오랫동안 봐와서 너덜너덜해진 겉장을 북 커버 비닐로 감싼 평범한 노트였다. 볼 일이 따로 없으면 산 님이 계신 한옥으로는 들어가지 않는다. 이래나저래나 결국 인간은 인간이다. 문 사장도 인간이니 적당한 거리를 지키라는 것이었다. 그리고 이 일은 어차피 산 님도 모르시는 것이 많아 큰 도움이 되질 않는다. 방법이나 방향을 알았다면 일찌감치 터를 떠나실 수 있었을 테니. 김순호보다 먼저 방법을 찾아야 한다. 어차피 능력이 없다면 능력 있는 사람들의 도움을 받아야 한다. 그렇다면 누가 있지?

문 사장이 노트를 펼치고 처음부터 찬찬히 읽기 시작했다. 어린 시절 김순호와 지낼 때 배웠던 것들부터 산도깨비와 일을 하며 보고 겪은 일, 그리고 그 당시 만났던 사람들, 특징까지. 읽다 보면 김순호가 왜 소영에게 접근한 것인지도 알 수 있을지 모른다.

"제발 뭐라도 좋으니 나와라……."

딸랑

집중을 하려던 문 사장이 살짝 짜증이 났다. 분명 '영업 종료'라고 문밖에 걸려 있을 텐데. 고개를 확 드니 문 앞에는 철수가…, 아니 케이가 서 있었다. 이름을 바꾼 것에는 무속적 이유가 있다. 케이라고 불러야 한다. 그게 철수에게도 좋다.

"케이. 너!"

"누나가 가게에 들어오는 것 보고. 우리 신당에서 잘 보여. 여기."

가게를 둘러보며 케이가 말했다,

"그날은 산도깨비님 기에 눌려서 제대로 인사도 못 했네. 잘 지냈어? 누나. 오랜만⋯⋯."

케이의 말이 끝나기 전에 문 사장이 먼저 케이를 꽉 안았다.

"다행이다. 살아있어서."

비쩍 마른 몸은 어릴 때 그대로다. 얼굴도 많이 바뀌지 않았지만 눈빛은 날카롭다. 무엇이 변했든 문 사장에게는 피만 섞이지 않았지 유일한 가족이었다. 20여 년이 훌쩍 넘어 만났지만 공백이 된 세월이 얼마가 되었든 문 사장에게는 아무것도 아니었다. 어색한 듯 하하 웃으며 문 사장을 살짝 떼어낸 후 케이가 말했다.

"누나는 여전하네. 하하. 지금 바쁠 텐데. 나 같은 것에 신경 쓸 때가 아니지 않아? 난 솔직히 누나가 바로 순호당으로 뛰어올 줄 알았는데."

"아니, 그게⋯⋯. 서운했어?"

"하하, 농담~! 어머니가 산도깨비님께 어떤 제안을 하는지 다 알고 있었는데. 누나도 바빴겠지. 그런데 누나, 잊고 있는 모양인데⋯⋯. 나 어머니 쪽 사람이야. 잊지 마."

케이가 싱긋 웃으며 문 사장의 눈을 똑바로 바라봤다.

문 사장은 이쪽 편 저쪽 편을 떠나 일단 케이를 살아생전 볼 수 있었다는 것에 감사했기에 사심 없이 케이의 어깨를 툭툭 쳤다.

"오냐, 알았다. 너만 안전하면 된 거야. 그럼 난 다 큰 성인을 걱정 안 해도 되는 거지?"

케이가 고개를 끄덕였다,

"그래도 같은 업에 종사하고 앞으로 연락하고 지내면 되니까. 나도 옛날의 어린애가 아니라 어머니께 막 휘둘리진 않아. 걱정 마. 내가 어머니 뒤를 이으려고 결국 신아들까지 된 거니까 내 의지야. 그러니 걱정 안 해도 돼."

문 사장이 다행이라는 듯 손을 꼭 잡았다. 케이가 쑥스럽다는 듯 웃다 테이블에 올려져 있는 노트를 발견했다. 노트를 본 후 고개를 돌려 문 사장에게 물었다.

"누나, 저거 뭐야?"

"아, 너 한번 볼래? 아무리 네가 김순호 쪽이라도 봐도 상관없어, 어차피 너랑 그 집에 살 때 보고 배운 것들을 적어 놓은 거라, 넌 이미 다 알고 있거나 나보다 더 알고 있겠지. 인맥도 더 넓을 거고."

노트를 펼쳐 읽기 시작한 케이가 문 사장에게 메모지와 펜을 가져다 달라고 말했다. 그리고 메모지에 정갈한 글씨로 이것저것을 적어 노트에 붙이기 시작했다. 꽤나 오랜 시간 공을 들였다. 그 사이 커피까지 내려와 반대편에 앉아서 케이의 행동을 집중해 쳐다보는 문 사장이었다.

"이왕이면 누나한테 도움 되는 것 좀 많이 적어 놔라."

"일단 내가 알고 있는 거, 틀린 거 위주로 체크해 놓을게."

"김순호가 알면 난리 나는 거 아냐?"

"참나, 누나는 나 만나면 하고 싶었던 말 없었어? 우리 못 만나고 살 수도 있었어. 그나저나 누나는 지금 이름이 뭐야?"

케이의 장난 섞인 물음에 문 사장이 들고 있던 커피를 내려 놨다.

"그러게. 우리 못 만나고 살 수도 있었는데……. 어떻게 이렇게 딱 맞춰서 내 가게 앞으로 오게 되었을까? 산도깨비 터라서? 아니지. 양밥 전문인 김순호가 서울 한복판에 있는 이 터를 모르고 있다 이제야 찾은 걸까? 절대 아니지. 그렇다면 다른 이유가 있겠지."

문 사장의 눈빛이 동생을 보던 다정함에서 적을 보는 날카로움으로 바뀌었다.

"그 다른 이유. 케이 네가 말해봐."

노트에 메모지를 붙이며 케이가 고개만 돌려 문 사장을 바라보며 웃었다.

"우연. 진짜 우연. 그런데 직접 와보니 필연을 만난 거지."

"말장난 그만하고. 제대로 말해. 김순호가 산 님에게 한 제안 때문에 난 발등에 불똥이 떨어졌어."

웃음을 거둔 케이가 어색하게 웃었다. 그러고는 곤란하다는 표정을 짓다 물음에 답했다.

"사실 오늘 내가 누나를 기다린 것도 그것 때문이야. 어머니에겐 죄송하지만……. 누나가 어머니를 아무리 미워해도 날 키워주신 건 사실이니까……. 그래도 누나도 내 누나니까……. 그렇다면 누나도 우리가 어떤 패를 가지고 있는지 감은 잡아야 정당할 것 같아서 왔어. 큰 도움은 못 되겠지만."

케이의 예상 밖의 대답에 문 사장은 살짝 힘이 빠졌다. 그리고는 펜을 쥐고 있는 케이의 손에 자신의 손을 올리고 꼭 잡았다. 마지막으로 어린 철수의 손을 꼭 잡았을 때가 생각났다. 여전히 착한 녀석.

"고마워. 진심이야."

문 사장의 말에 케이가 작게 눈웃음으로 대답했다. 그리고 진지한 표정이 되어 말하기 시작했다.

"이소영."

"역시……."

"누나도 어느 정도 눈치는 챘겠지. 사실 누나가 이곳에 있다는 것은 이미 알고 있었어. 하지만 이렇게 엮일 줄은 몰랐어. 누나가 맡았던 사당에 있는 귀. 그 귀의 봉인을 풀어달라고 의뢰를 받았어. 의뢰인은 그 집안 막내 내외. 누나도 알다시피 양밥, 저주가 어머니 특기잖아. 직접 가보니 웬걸. 누나가 모시는 신장급 산도깨비 기운이 사당을 감싸고 있었지. 기운이 워낙 크고 세니 어머니는 산도깨비를 탐낸 거고. 그러다 누나

근처를 맴돌다 근처에 있던 이소영을 본 거야. 그 뒤의 신이… 무척 능력이 좋다더라고. 난 능력이 그 정도가 아니라… 어머니께 듣기로는 그랬어. 어머니가 이곳까지 온 것을 보면 이소영이 산도깨비보다 더 탐나는 존재라는 거겠지."

문 사장이 끼고 있던 팔짱을 풀며 다시 커피잔을 들었다.

"그냥 느낌이 그랬어. 난 볼 줄만 알지. 신력이 없으니 보고 듣는 것이 전부니까. 그럼 산 님은 허울이고 소영이를 노린 건가? 그 정도로 그 조상신이 강하다고?"

"응. 내가 봐도 그래. 누나는 모르겠지만. 아마 이소영을 잘 이용하면 누나 일이 해결될 거야."

'이용? 저 녀석 말투가 김순호 같네……. 그간 무슨 일을 겪으며 살아왔니…….'

문 사장은 궁금했지만 묻지 않았다. 눈치라는 것이 생긴 다 큰 성인들인 것이다. 말하기 전까지는 묻지 말자고 다짐했다. 혹시 상처일 수도 있으니.

"확실한 것은 이소영이 나보다 예지든, 추적이든, 화경이든 더 뛰어날 거라는 거야. 그러니 이소영에게 도움을 받아. 사실 산도깨비가 이 터에 묶인 것은 서낭신과 산신 둘의 협공이었고 둘의 힘을 한 번에 풀어야 한다는 간단한 원리잖아. 어려운 것은 이 근방 자연이 다 사라져 서낭신도 산신도 사라졌다는 것이 문제니 이 둘을 찾으면 되는 거고. 소멸하였다면 완전히 다른 방법을 찾아야겠지만."

"너 같은 신기 있는 사람들이나 가능하지. 나는 찾을 수도, 소멸하였다는 것을 확인해 줄 신도 없어. 그 정도면 급이 최소 산신 급은 되어야 하잖아. 요즘 만신도 찾기 어려운 마당에……. 아! 소영이의 조상신!"

소영이의 신은 분명 제대로 된 명패를 갖고 있었고 산도깨비와도 비등비등 기 싸움을 했다. 그렇다면 1차적인 문제는 해결된다. 일단 두 신을 찾을 수 있다면 용서해 달라고 빌 기회가 생기고, 허락을 해준다면 산도깨비는 터에서 해방된다.

"그래. 사실 사라져 버린 신들을 찾는 것이 어렵지, 찾으면 방법은 쉬우니까."

케이의 말에 문 사장이 끄덕였다. 그리고 갑자기 떠오른 의문에 살짝 인상을 찡그리고 케이에게 물었다.

"잠깐. 그렇다면 김순호가 모시는 신은 뭐지? 원래 이렇게 강했었나? 혹시 새타니라도 만든 거야?"

음식에 대한 갈망으로 집요해진 특징 탓에 추적 능력이 뛰어나다. 예전처럼 어린아이를 재료로 하지 않고도 새타니 비스무리한 것을 만들 수 있다는 것을 문 사장은 알고 있었다. 암암리에 행해지는 것이기도 하고 사고팔기도 한다고 들었다.

케이 역시 인상을 찡그렸지만 곤란하다는 표정에 더 가까웠다.

"누나, 미안. 나도 그 신을 모시는 거라……. 말하기 곤란해."

"아니야! 네가 왜 미안해. 고마워. 정말이야. 난 사실 소영이의 조상신이 그 정도로 강한 줄 몰랐거든."

"도움이 되었다니 다행이네. 나는 이제 가볼게. 혹시 노트 내용 중에 궁금한 것 있으면 연락해. 아는 한에서 가르쳐줄게. 자, 내 명함."

케이에게 건네받은 명함에는 '순호당. 실장 K. XXX-XXXX-XXXX'라고 적혀 있었다.

"실장님이네. 하하."

"자기 PR 시대잖아. 하하. 나 가."

케이를 배웅하기 위해 문 사장이 몸을 일으켰다. 그때 문을 열고 나가려던 케이가 고개를 돌리고 문 사장에게 물었다.

"그런데, 누나. 지금 이름이 뭐야?"

12.

소영은 왼쪽 손목에 찬 팔찌를 쓰다듬었다. 이틀 전 금요일. 본가까지는 험난한 여정이었다. 가게를 나서 버스를 타러 가는 길. 두어 달을 겪고 있지만 익숙해지지 않았다. 이제껏 조상신이 눈을 가려주고 있어 필터링이 되었던 것인데 영가들,

귀들의 본모습은 가히 충격적이었다. 소리를 지르지 않고 못 본 척을 하고. 겨우겨우 돌아온 본가에는 다행히 영가나 귀가 없었다. 소영의 입장에서는 만세를 부를 만큼 다행한 일이었다. 일하러 가시는 부모님을 배웅하고 편안한 마음으로 침대에 누워 한참을 뒹굴거렸다. 이 편안함. 얼마 만인가. 옆으로 누워 멍하게 핸드폰의 메시지를 확인하다 준영에게 전화를 걸었다.

- 다행이다. 걱정했었는데 오랜만에 집에 갔으니 가족들이랑 좋은 시간 보내. 다음 주에 가게에 갈 때 나도 올라갈게. 같이 가자.

준영은 원룸을 정리하고 지낼 곳이 없어 본가로 내려가 있었다. 준영과의 통화를 끝낸 후 소영은 책상 위의 작은 성모상을 바라보았다. 천주교 모태신앙인 자신에게 이런 일이 벌어질 줄이야. 영가와 귀와 사탄은 다르다고. 그러나 악귀와 악마는 비슷하지 않나 생각한다고 문 사장에게 짧게 설명 들었다.
"엄마 아빠한테 말씀드려야 하나……. 난리 날 텐데. 어떡해."

소영은 크게 한숨을 쉬고는 다시 침대로 쓰러지듯 누워버렸다. 일단 집에 왔으니 단 며칠이라도 쉬어야겠다는 생각을 하며 시계를 보았다. 이제 겨우 오후 1시. 식당을 운영하시는 부모님이 돌아오시려면 아직 한참 남았다. 소영은 선풍기 바람을 느끼다 인형을 껴안고 잠이 들었다.

얼마나 잤을까 핸드폰이 울리는 소리에 소영은 깜짝 놀라 벌떡 일어났다. 아직 밖이 환하다. 시계를 보니 2시가 조금 넘었다. 계속 울리는 핸드폰을 들고 발신자를 보자마자
얼른 통화를 눌렀다.
"사장님!!"
- 소영아 너 언제 오니?
다짜고짜 묻는 문 사장에게 어버버 대답할 타이밍을 놓친 소영. 대답 여부는 상관없는지 문 사장은 자기 할 말만 했다.
- 소영아! 나 좀 도와줘!
"사… 사장님, 천천히 좀 말해주세요. 제가 뭘 도와요?"
소영의 질문에 문 사장이 큰소리로 대답했다.
- 소영아! 너 신내림 받자!
"……."
뚝
- 소… 소영아?
전화를 끊은 소영은 다시 침대로 누웠다.
"악몽이었어."
다시 자야지 하고 누워서 그대로 잠이 든 소영이었다.

문 사장은 절박한 얼굴로 끊긴 핸드폰을 쳐다봤다. 다시 걸었지만 통화연결음만 들릴 뿐 소영은 더 이상 받지 않았다.

"내가 너무 다짜고짜 말을 했나?"

소영의 입장에서 보면 믿는 도끼에 발등 찍힌 꼴이었다. 신내림을 피하기 위해 문 사장을 찾아왔고 도와주기로 약속했는데…….

하지만 문 사장은 마음이 너무 급했다. 학교가 방학이라 소영은 일주일 정도 본가에 있을 예정이었다.

차분히 머릿속으로 해야 할 일의 순서를 매겼다.

첫째. 소영이 설득 및 조상신 파악. 산신과 서낭신 찾기.
둘째. 의뢰받은 사당 재봉인.
셋째. 김순호 의도 파악.
넷째. 틈틈이 밀려 있는 의뢰 처리.

"좋아. 일단 가보자."

문 사장은 소영이 적어 놓고 간 본가 주소를 들고 일어섰다.

'문 사장님 꿈을 꾸다니. 설마…….'

아직 잠결인 소영은 문 사장이 차키를 들고 원룸촌을 나와 차를 모는 꿈을 꿨다. 꿈속에서의 목적지는 바로 소영의 본가.

지금 소영이 있는 곳으로 출발하는 문 사장의 모습을 꿈꾼 것이다.

"하하 설마. 설마."

잽싸게 핸드폰을 열었다. 읽지 않은 메시지에 남겨져 있는 문 사장의 메시지.

- *너희 집으로 갈게. 2시간 정도 걸려. 직접 만나서 이야기하자.*

글을 보고는 벌떡 일어나 앉았다. 핸드폰 통화 목록을 보며 소영은 으악 소리를 질렀다.

"꿈이 아니었어?!"

시계를 보니 얼추 문 사장이 도착할 시간대였다. 집 근처 카페에서 만나자고 메시지를 보낸 후 주섬주섬 옷을 주워 입었다. 집 근처는 위험한가? 부모님은 저녁 늦게 오시지만 혹시 모르니 카페에서 만나는 것이 마음 편하다.

잠시 후 핸드폰이 울리고 문 사장에게 집 근처 카페에 도착했다는 전화를 받았다. 소영은 빠르게 집을 나섰다.

"어, 여기야. 소영아."

문 사장이 손을 들어 소영을 불렀다. 소영은 묵례를 하며 문 사장의 앞에 앉았다.

"사장님! 도대체 신내림이라니 무슨 말이세요?"

"소영아! 일단 신내림 받자!"

각자 할 말 한 후 조용해진 둘은 일단 음료를 시키자며 일어났다. 다시 자리로 돌아와 문 사장이 먼저 말을 꺼냈다.

"소영아, 나 좀 도와줘."

문 사장은 이제껏 있었던 사연을 소영에게 설명했다.

소영은 듣는 중간부터 얼굴이 하얗게 질리기 시작했다. 일반 사람들이 알지 못하는 세계다. 저 세계에 한번 발을 들이면 다시는 평범하게 살 수 없다. 소영은 본능적으로 느꼈다. 중간부터 이미 도망가고 싶었지만 처음 보는 문 사장의 절박한 얼굴이 소영을 붙잡았다. 차분히 문 사장의 말이 끝나기를 기다렸다.

"소영아, 내가 신내림을 받자고 한 건 극단적인 방법이야. 아까는 마음이 급해서 생각 없이 말이 나왔어. 놀라게 해서 미안. 네 인생이 달린 일인데. 다른 방법으로 날 좀 도와줬으면 해."

소영은 속으로 안도의 한숨을 쉬었다. 역시 끝까지 듣고 있길 잘했다고 생각했다.

"하지만 사장님. 제가 무슨 힘이 있어 도울 수 있겠어요. 전영가만 봐도 무서워요. 조상신도 아무리 제 조상님이라지만 옆에 있다고 생각하면 무서워요."

문 사장이 고개를 끄덕였다. 그리고 입을 열었다.

"이해해. 나야 태어날 때부터 봐왔지만. 너는 지금 눈을 가려주는 신도 없으니 더 끔찍한 것을 보고 있겠지. 일주일 이상 신이 손을 뗐으니 주변의 잡귀 기운 때문에 더욱 영향을 받게 될 거야. 그게 신가물의 고통이기도 하고. 그러면서 영안도, 귀문도, 다른 능력도 더 커지기 시작하고 그만큼 귀들이 너를 노릴 거야. 허주잡귀들이 꼬이기 시작하겠지. 다행히 지금은 산 님의 기운으로 보호받고 있으니 너무 걱정하지 마."

"혹시 다른 능력이라면 꿈이 맞는 것도 포함되나요? 사장님이 집에서 출발하시는 꿈을 꿨어요."

"응, 맞아. 조상신이 눌러왔던 능력들이 슬슬 올라오나 보네. 그 능력들을 조금 더 키워서 나를 좀 도와주지 않을래? 서낭신과 산신의 행방, 그리고 존재 여부. 존재 여부는 조상신께 여쭤볼 거야. 너를 통해서. 산 님과 함께 있고 널 신내림에서 벗어나게 도울 거라는 말을 듣고 심기가 상하신 것 같거든. 생각보다 신들은 이기적이야. 너도 기억해 두는 것이 좋아."

문 사장이 말을 마친 후 소영을 바라보자 소영은 고민과 착잡함이 뒤섞인 표정을 하고 있었다. 문 사장은 한 번 호흡을 가다듬고 강한 어조로 말했다.

"내가 어떻게든 무당이 되는 것만은 피하게 해줄게. 혹시나 신내림을 받게 된다 해도 무당 길로 들어서지는 않게, 피할 길을 알아봐 줄게. 신 줄을 타고났다고 모두 무당 길로 들어서는 것은 아니야."

"네, 그건 저도 인터넷에서 봤어요."

맞장구를 쳤지만 여전히 소영의 표정이 어두웠다. 당연한 일이었다. 인생이 달려 있는데. 스물한 살의 어린 아가씨에게는 세상이 무너지는 느낌일 것이라 문 사장은 생각했다.

"저에게 며칠 시간을 주세요."

"그래. 집에서 푹 쉬면서 결정하면 연락 줘. 그리고……."

문 사장이 가방을 뒤적여 새로운 팔찌를 꺼냈다.

"이건 복이 기운이 들어간 팔찌. 복이가 걱정하더라. 솔직히 큰 도움은 안 되지만 복이 마음이니 받아둬. 영안, 귀문 때문에 너에게 다가오는 것들이 다 보이지? 조상신이 지금 네 옆에 없어 막아주지 못하니 최대한 산 님의 기운을 덮고 숨는다는 느낌으로 있도록 해. 가까이는 와도 해는 못 끼칠 거야."

귀여운 복이가 꼬물거렸을 것을 생각하니 소영의 얼굴에 슬쩍 웃음기가 돌았다. 건네받은 복이의 팔찌를 받자 소영의 얼굴에 당황하는 빛이 서리며 문 사장에게 말했다.

"확실히 팔찌 두 개가 다른 기운이라는 것이 느껴져요. 느낌이 달라요."

문 사장이 알겠다는 듯 고개를 끄덕였다.

"그럼, 나는 이만 가볼게. 잘 생각해 봐."

문 사장이 카페를 나서고 소영은 남아 있던 음료수를 마시기 시작했다. 그리고 갑자기 한 가지 생각이 떠올랐다.

"복이… 사람이 아니었어?!"

소영은 집으로 돌아와 씻고 깨끗한 잠옷을 갈아입은 후 다시 침대에 누웠다. 두리번거리며 방을 한번 훑자 문 사장을 만나기 전과 똑같아 보였다. 그러다 소영은 무언가를 깜박한 듯 일어났다. 침대 아래쪽의 스탠드 선풍기를 발가락을 이용해 꼭 눌렀다, 미풍으로 돌아가는 선풍기 바람을 맞으니 정말 아까와 같다고 느꼈다. 카페에서의 일이 꿈이었다면 딱 일 텐데.

"어쩌지. 어쩌나."

신내림을 받는 것은 싫다. 무엇보다 원하는 것은 열린 영안과 귀문을 닫는 일이다. 평범하게 살고 싶다. 하고 싶은 일도 많고 힘들게 고생해 대학에 왔는데… 고작 2학년인데.

'나한테 사실은 선택권이 없는 것이 아닐까? 문 사장님을 돕지 않으면 화가 나서, 나를 모르는 체하면 난 어쩌지?'

어느새 잠이 들었다 눈을 떠보니 창문 밖 하늘이 살짝 진청색으로 바뀌기 시작했다. 해가 지기 시작하는지 방안이 꽤나 어두침침했다. 하늘을 보던 소영이 다시 고개를 돌리는 순간, 곁 시야로 무언가 포착되었다. 보면 안 될 것 같은 느낌이 들었지만 의지와 상관없이 눈이 아래쪽으로 향했다. 그곳에는 선풍기가 돌아가고 있었고 선풍기의 펜을 따라 돌고 있는 여자의 얼굴이 보였다. 몸통은 어디 갔는지 머리만 선풍기와 하나가 되어 소영을 바라보며 돌아가고 있었다.

"으아악!!"

소영은 비명을 지르며 방 밖으로 뛰쳐나갔다.

다음 날 결국 소영은 문 사장이 있는 가게로 돌아왔다.

13.

앤티크 숍. THE MOON. 평범한 가게지만 카운터 뒤의 쪽문을 열고 나오면 안마당이 보인다. 마당을 지나 폐가나 흉가로 보이는 작은 한옥. 한옥의 안방에 붉은 얼굴의 산도깨비가 상석에 앉아 있고 그 아래쪽으로 문 사장과 소영 그리고 준영이 나란히 앉아 있었다.

산도깨비는 셋을 내려다보며 물었다.

"그래서 궁금한 것이 뭐라고?"

문 사장이 소영과 준영을 슬쩍 바라봤다.

'말해, 얼른.'

문 사장의 눈빛에 힘을 얻은 준영이 입을 열었다.

"산 님. 산 님께 궁금한 것들이 있어서요. 혹시 서낭당이 어디에 있었는지 가르쳐 주실 수 있으세요? 이곳이 70년대 이후로 산이 깎이기 시작하고, 주거지가 되면서 사라졌다고 들었는데 혹시 그때 정보가 있으면 인터넷이나 도서관에서 자료를 찾으려고요. 저희는 사실 TV에서나 봤지 서낭당을 본 적이 없어서요. 일단 자료 조사를 해보면 어떨까 해서요."

"이 서방, 너도 돕는 게냐?"

"네. 그러면 제 영안을 가리거나 닫을 수 있게 도와주신다고 하셔서요."

허허 웃으며 산도깨비가 문 사장을 바라봤다.

"문가, 네가 웬일이냐. 사람 못 믿는 것은 도깨비 못지않으면서. 그리고 이가, 너는 어떻게 네 신을 설득한 게냐?"

'이가'라고 불린 소영은 뒤를 돌아 방문 앞에 서 있는 조상신을 한번 보고 대답했다.

"할머니께서 도와주라고 허락하셨습니다."

"오호? 무슨 사연인지는 모르겠지만, 문가, 네가 인복이 있구나."

문 사장이 얼굴이 조금 빨개졌다. 산도깨비는 자신의 기억을 보여주겠다고 말 한 후 셋에게 화경을 열어 보여 주었다. 말이 필요 없었다. 산도깨비의 기억이 생생하게 떠올라 마치 사진처럼 한 장면 한 장면이 넘어가며 세 사람의 뇌로 직접 전달이 되었다. 처음 경험하는 화경에 소영과 준영은 입을 떡 하니 벌릴 수밖에 없었다.

한옥을 나서 가게로 들어온 소영과 준영은 흥분해서 말을 잇지 못했다.

"이게 화경이구나. 인터넷에서 읽어 보기는 했는데. 직접 경험할 줄은……."

"참! 준영아 잊어버리면 안 되니까 혹시 메모할 거 있음 얼른 해놔."

준영이 아차 하는 표정으로 핸드폰을 꺼내 글을 입력하기 시작했다. 요새 애들은 역시 달라 하며 문 사장이 테이블에 앉았다.

"나는 메모하면 일단 메모지가 생각나는데 확실히 너희는 요즘 애들이구나."

"사장님 한번 사용해 보면 쉽고 편리해요. 나중에 가르쳐 드릴게요."

준영의 말에, 문 사장이 나는 괜찮다며 고개를 절레절레 했다.

밖에서 놀다 온 복이까지 들어오니 가게가 평소와는 다르게 복작복작 해서 문 사장은 기분이 이상해졌다. 사람들이랑 이렇게 지내본 적이 거의 없었다. 성당 보육원에 있을 때 귀가 보인다고 말실수를 해서 아이들이 무서워하며 문 사장을 피했었다. 결국에는 주변 사람들 눈치를 보느니 스스로 혼자 지내는 것을 택했다. 그것이 편했다. 그 흔한 친구 하나 없었기에 이런 느낌이 조금 생소했다.

 소영 뒤에 서 있는 조상신. 이제는 소영이 할머니라고 부르는. 설득하기 어려울 것 같다고 생각했지만 의외로 호탕한 성격이셨다. 직접 산도깨비를 만나겠다고 말씀하셔서 이때다 싶어 얼른 소영에게 업혀 모시고 왔다. 두 분 사이에 어떤 말이 오고 갔는지는 모르겠지만 김순호가 다녀간 후 문 사장과 거리를 두려고 했던 산도깨비가 작게나마 문 사장을 돕기 시작한 것이다. 산도깨비 입장에서는 사실 누구든 자신을 해방만 시켜준다면 끝이었지만, 조상신과의 대화로 문 사장 쪽에 조금 더 기운 느낌이었다. 그러니 꼭 해결 방법을 찾아야 한다. 준영도 도와준다고 나서서 문 사장은 나름 든든했다.

 "자, 준영이는 자료 찾고 소영이랑 나는 할머니와 소통하고, 배울 수 있는 것은 일단 배우자. 할머니 능력이 어느 정도, 어떤 방향인지 모르니 일단 소통 하는 게 중요해. 일이 끝날 때까지는 소영이 신내림은 잠깐 미룬다고 산 님이랑 합을 맞추셨다니까. 산 님께도 할머니께도 감사하자."

 말을 마친 문 사장이 창문으로 다가갔다. 맞은편 건물의 순호당의 간판을 올려다보며 슬며시 웃었다.

 '3대2! 사람 수로는 우리가 이겼어!'

그 후 소영은 많은 것들을 공부하고 알게 되었다. 명문대 학생답게 공부머리가 있었다. 할머니는 평소에는 잘 보이지 않고 잘 때 꿈에서 말을 걸어왔다. 문 사장은 평소에는 할머니가 소영의 뒤에 있기 때문에 오히려 소영의 눈에는 잘 보이지 않는 것이라고 했다. 거울로 보면 뒤에 서 있는 모습이 보였다. 처음에는 무서웠지만 몇 번 보다 보니 무섭지는 않았다. 생각해 보면 자신의 먼 할머니가 아닌가, 그렇게 생각하면 무서울 것이 없었다. 소영은 꿈에서 할머니에게 여러 가지를 묻고 배우기 시작했기 때문에 굳이 문 사장의 가르침이 필요 없었다.

"천리안? 그런 게 정말 있는 거야?"

오히려 문 사장이 듣고 놀랐다. 문 사장은 소설이나 만화에서나 봤지, 실제로 있다는 것을 처음 들었기 때문이다.

"네. 그런데 방식은 사장님과 산 님과 비슷해요. 제 몸에 직접 내려오질 못하시니 보낼 수 있는 기운에는 한계가 있고, 결국 사람의 몸을 통로로 하는 것이라 실질적 육체가 손상될 가능성이 있다고 하셨어요. 천리안을 저 같은 단련 안 된 일반적인 몸에 열게 하려면 큰 대가가 필요하다고 하셨어요."

문 사장이 심각한 표정을 짓고 소영의 말을 들었다.

"신을 받아도 신의 힘을 온전히 쓸 수 없는데……. 그 이유는 신을 받은 제자의…, 아! 여기서 제자란 신내림을 받고 무속인의 삶을 살게 되는 사람들을 일컬어. 신을 스승으로 모시고 그 길을 따라간다는 의미지. 아무튼, A 신의 능력이 100이고 제자의 육체가 80이면 쓸 수 있는 힘은 80퍼센트야. 그리고 반대로 B 신의 능력이 80인데 제자의 능력이 100이라면 신의 능력인 80을 100퍼센트 다 쓸 수 있으니 80이 되는 거지. 저런 상황이면 분명 신력은 A 신이 강하지만 제자를 통해 힘을 쓰면 둘 다 80대80. 같아지는 거야. 아무리 강한 신이라도 제자의 육체가 받쳐주지 않으면, 제일 약한 신이 와서 쳤을 때 그 제자는 나가떨어질 수밖에 없어. 그래서 신들도 젊고 건강한 제자를 원해."

소영은 문 사장의 설명에 이해했다고 고개를 끄덕였다.

"그러면 큰 대가라는 것은? 육체적으로 타격이 온다는… 그런 종류의 것인가요? 그러면 운동을 하거나?"

소영의 마지막 물음에 문 사장은 심각하게 고개를 저었다.

"실제로 만신도 큰 굿을 하거나 큰 힘을 한번 쓸 때마다 큰 내상을 입는다고 들었어, 일반 사람들은 굿 값이 싸네 비싸네 말하지만 정말 제대로 된 분들이 굿을 할 땐 목숨을 걸고 하는 거야. 목숨값인 거지. 괜히 무당이 산에 가서 기도드리는 것이 아니야. 육체적으로, 영적으로 유지를 잘해야 신의 뜻도 받고 자신도 지키기에 노력하는 거야."

말 끝낸 후 한 숨을 한번 크게 내쉬었다. 그리고 소영의 눈을 쳐다보며 말을 이었다.

"게다가 천리안? 그런 것은 보지도 못했고 들어본 적도 없어. 넌 신을 받은 몸도 아닌데. 견딜 수 있겠어?"

"그래도 할머니께서 말씀하신 건데……."

"나도 산 님께 여쭤볼게. 이런 종류는 우리 인간의 능력 밖이니까. 자, 이제 집에 가자."라고 말하며 문 사장이 일어섰다. 본가에서 돌아온 후 소영은 다음날부터 다시 자신의 집으로 돌아갔다. 먼 할머니라고 생각되는 순간 마음이 편해졌고, 문 사장이 찾아올 정도로 강한 분이면 자신을 지켜줄 거라는 믿음이 생겼기 때문이다. 오히려 집으로 돌아가니 할머니를 볼 수 없었다. 이제는 늘 등 뒤에 계신다는 것을 알지만 눈에 안 보이다 보니 마음이 편해졌다. 결정적으로 다시 영가와 귀들이 한번 필터링이 되어 보였다. 끔찍한 몰골만 안 보더라도 그럭저럭 견딜 만했다.

'할머니, 눈을 가려주셔서 감사합니다.'

다시 한번 감사 인사를 드린 후 소영이 버스 정류장으로 향했다.

소영을 보낸 후 문 사장은 카운터 뒤의 쪽문을 지나 산도깨비가 있는 한옥으로 들어갔다. 툇마루에서 장난감을 가지고 놀고 있던 복이가 쫄래쫄래 따라왔다. 까슬까슬한 복이의 머리를 어루만진 후 꼭 껴안고 둥가 둥가를 했다.

"충전 완료! 우리 복이만 있음 나는 힘이 나지!"

복이가 헤헤 웃자 손을 잡고 부엌으로 들어갔다. 간식을 챙겨 복이에게 주고 함께 나란히 부뚜막에 앉았다. 간식을 맛있게 먹는 복이의 머리를 쓰다듬고 간식을 하나 더 찾아 손에 쥐어줬다.

"복아, 요즘 못 놀아줘서 미안해. 심심했지? 나랑 산책도 가고 해야 하는데 하루 종일 마당에서 혼자 놀게 했네."

"아니에요. 괜찮아요. 산 님이랑도 놀고 요즘은 고양이 친구들도 자주 마당에 나와요. 같이 놀아요."

"그래? 다행이다. 고양이 친구들 간식도 좀 준비 해야겠네. 나눠 먹고 사이좋게 놀아. 내일은 우리 산책하자."

"네~."

웃으며 대답하는 복이에게 쪽 뽀뽀를 한 후 일어나 술상을 차리기 시작했다. 냉장고를 열어 막걸리와 안줏거리 이것저것을 소반에 챙겼다. 툇마루를 지나 미닫이문을 열고 방 안으로 들어가 상석의 커다란 방석 앞에 술상을 내려놓았다.

"산 님. 저 왔어요. 약주 드세요."

방석이 푹 꺼지며 산도깨비가 모습을 드러냈다.

"오냐, 같이 한 잔 마시자꾸나."

"네."

막걸리를 가득 채운 막사발을 한 번에 들이킨 산도깨비를 위해 능숙하게 다음 막걸리를 따르는 문 사장이었다. 많이 해본 솜씨였다. 막걸리를 다시 막사발에 붓자 도토리묵을 손으로 집어 먹던 산도깨비가 툭 내뱉듯이 말했다.

"그래, 뭐가 궁금한 게냐. 내가 문가 너를 처음 보는 것도 아니고. 이 집에서 일어나는 일들은 다 알지. 이가가 말하던 천리안에 관한 것이더냐? 그렇다면 내 대답은 하나다. 저승에서밖에 보지 못했고 인간이 갖고 있다는 것은 아직 본 적이 없다. 그렇다면 내가 이렇게 고생을 안 했겠지."

역시 산도깨비였다. 이 터에서 일어나는 일을 모를 리가 없었다.

"그러면 소영이의 조상신이 하신 말씀은 뭘까요? 저랑은 말을 안 하셔서."

"그렇겠지. 네가 얄밉지만 봐주고 있는 거다. 그래도 요즘 네가 사람같이 사는 것 같아 보기 좋더구나. 내 문제 해결이 목적일 테지만 너도 사람들 사이에서 지내보거라."

"네."

문 사장의 얼굴이 조금 빨개졌다. 사람들이랑 이렇게 부대끼며 지내본 적이 별로 없었다. 오히려 나이 차이가 많이 나서인지 편했다. 조금 큰 복이 같은 느낌? 처음 만났을 때는 못난 질투심에 소영을 내버려두고도 아무 신경이 안 쓰였는데 자꾸

보다 보니 이제는 혹시 몸이 축날까 걱정이 되었다.

문 사장의 생각을 다 알겠다는 듯 산도깨비가 고개를 끄덕이며 말했다.

"평범한 인간들은 그렇게 사는 게지. 너도 이제는 조금이지만 평범한 인간 같아 보이는구나."

바깥 툇마루에 앉아 고양이 친구들과 놀던 복이가 간식을 내려놓고 하늘을 바라봤다.

준영과 통화를 끝낸 후 잘 준비를 끝낸 소영은 작은 탁자 앞에 손을 합장하고 기도를 했다. 탁자 위에는 작은 도자기 재질의 뚜껑이 닫혀 있는 단지가 있었다. 할머니를 모시기 위해 문 사장의 도움으로 만든 신줏단지였다. 신줏단지라는 단어를 속담에서나 들었지 실제로 자신이 모시게 될 줄은 몰랐다. 모태 신앙이지만 부모님보다는 유연한 사고를 가진 소영이었기에 제사나 불교 등에 거부감은 없었다. 친구들도 여러 종교를 가지고 있고 무교인 지인들은 더 많았다. 비록 신줏단지를 모시고 있지만 성당도 꼬박꼬박 나가 미사를 드렸다.

'하느님, 할머니 두 분 다 저를 좀 가엽게 여겨주세요.'

잠자기 전 무의식적으로 나오는 기도 아닌 기도였다. 소영 나름의 기도를 한 후 눈을 뜨자 눈앞에 할머니가 서 계셨다. 깜짝 놀랐지만 무섭지는 않았다. 꿈에서 거의 매일 대화하고 배우고 있어서 지금 혹시 내가 잠든 건가? 꿈속인가? 얼떨떨한 소영이었다. 그런 소영을 보며 할머니가 입을 열었다.

"아가야. 꿈이 아니란다. 중요한 이야기를 해야 해서 부득이하게 네 앞에 섰단다. 하나만 이야기 하마. 난 네 몸을 통해 잠깐이지만 천리안을 열 수가 있단다. 하지만 도깨비가 말했듯이 인간들이 가져서는 안 되는 것이지. 천기누설에 해당하기 때문이란다. 지금의 너는 그냥 인간일 뿐. 나도 벌을 받을 거고 너 역시 몸이든 영이든 벌을 받을 거다. 그런데 그럴만한 가치가 있는 일이더냐. 날 신으로 모시면 편안해 질 텐데 왜 사서 고생을 하느냐. 신내림을 받으면 천리안을 열어도 너의 벌은 줄어들지. 어떻게 하겠느냐?"

"그 말씀은… 제가 문 사장님을 돕지 않으면 영안, 귀문은 그대로지만 지금처럼 살 수 있고, 천리안을 열어 도우면 영안, 귀문은 닫히지만 큰 벌을 받으니 그걸 피하려면 신내림을 받는 것이 최선이라는 말씀인 거죠?"

소영은 영특하게도 잘 알아들었다. 할머니는 고개를 끄덕였다.

"나는 내 자손이 벌 받는 도깨비를 돕지 않았으면 한단다. 벌을 받는다는 것은 다 업보인 것이다. 그 업을 남을 이용해 풀어내려 하다니. 쯧쯧. 한때 저승 신장이었으면 뭘 하누. 저렇게 천성을 못 누르고 까불다 벌이나 받은 것을. 게다가 그 아이는 '빌어 태어난 아이'가 아니더냐! 상종을 말아야 하는 것들이 둘이나."

할머니는 여전히 산도깨비를 좋게 보지 않았다. 그런데… 빌어 태어난 아이? 처음 듣는 말이다. 할머니의 잔소리를 듣던 소영은 문 사장이 했던 말이 떠올랐다.

신은 고지식해. 일직선이지.

"생각을 좀 해볼게요. 말씀 감사합니다. 할머니."

소영이 진심을 담아 예쁘게 말하자 아지랑이 피듯 할머니가 사라졌다. 소영은 침대로 걸어가 털썩 주저앉았다.

'너무 위험한 일을 내가 돕겠다고 한 건가……. 도 아니면 모 같은 극단적인 상황인 것 같은데. 무서워. 도대체 벌은 뭘까? 빌어 태어났다는 것은 또 뭐지?'

소영은 결국 밤새 한잠도 못 자고 고민했다. 아침 해가 떠오르는 것을 바라보며 소영은 지끈거리는 머리를 양손으로 두들겼다.

'답이 없어. 머리를 좀 식혀보자.'

오늘은 가게에 가지 말고 조금 쉬어야겠다고 결심한 후 문 사장과 준영에게 메시지를 보냈다. 여름이라 더웠지만 이불 안은 포근했다. 소영은 곧 잠이 들어버렸다.

조금 이른 아침. 소영의 메시지를 받고 문 사장은 조금 짜증이 났다. 아니 조바심이라고 표현하는 것이 맞을 것이다. 잠시

라도 사람을 믿을 뻔했다.

'소영이도 결국 나를 외면하는 것이 아닐까?'

마지막으로 느꼈던 것이 언제인지도 모르는 감정이 밀려 들어와 문 사장의 입 밖으로 나왔다.

"외롭다……."

14.

다음 날 가게에 나온 소영은 문 사장의 눈치를 보며 살얼음판을 걷는 기분이었다.

"쉬는 김에 더 쉬지."

'말에 뼈가 있다.'라는 말이 이럴 때 쓰는 말이구나. 소영은 몸으로 느끼며 오전 내내 문 사장의 눈치를 봤다. 그러다 결국 사달이 나고야 말았다.

이놈! 너 때문에 귀한 내 자손이 천벌을 받을지도 모르는데! 빌어태어난 녀석이 감히!

소영 뒤에 있던 할머니가 문 사장을 향해 일갈했다. 문 사장과 소영은 깜짝 놀라 귀를 막았다. 분명 영적인 울림인데 실제로 귀가 아팠다. 산도깨비만 천둥소리를 내는 것이 아니었나

보다. 소영은 작은 체구에 하얀 옷을 단정히 입고 있는 할머니가 천둥소리를 내니 산도깨비보다 더 무서웠다. 그것은 문 사장도 마찬가지였는지 놀란 표정이 역력했다. 하지만 곧 심술 가득한 얼굴이 되어 기어이 한마디를 하고야 말았다.

"소영아. 너 그냥 가라. 할머니 말 거스르지 말고. 나 같은 거 신경 쓰지 마. 우리 서로 없었던 일로 하자. 너 도와줄 다른 사람 찾고! 나도 나 도와줄 다른 사람 찾는 게 낫겠어!"

저것이! 끝까지!

"할머니! 사장님! 제발 진정하세요!"

'고래 싸움에 새우 등 터진다.'라는 말이 이 상황이네······. 몸소 배우고 있는 소영이었다. 할머니도 문 사장도 편들 수 없던 소영이 난처해하자 문 사장은 또 다른 말로 소영의 마음을 할퀴었다.

누가 봐도 문 사장이 나잇값 못하고 떼쓰는 것으로 밖에 보이지 않아 한옥에서 듣고 있던 산도깨비가 쯔쯔 하고 고개를 흔들었다.

'거의 혼자 컸다고 할 수밖에 없으니··· 몸만 컸지 여전히 애군. 애야.'

산도깨비의 쓰다듬을 받으며 낮잠을 자고 있던 복이가 벌떡 일어났다. 그런 복이를 다시 눕히고 쓰다듬으며 산도깨비가 말했다.

"복아, 나가서 못 볼 꼴 보지 말고 여기서 잠이나 더 자거라."

그러나 결국 안절부절 하던 복이가 벌떡 일어나 급하게 마당을 지나 가게로 들어갔다. 그때 소영도 결국 화가 나 "네, 알겠습니다. 안녕히 계세요."라고 말하며 가방을 챙겨 문을 나서려던 참이었다. 복이가 소영을 따라 밖으로 나가자 문 사장의 눈이 동그래졌다.

"복아!!"

뒤에서 자신을 부르는 소리를 들었지만 복이는 소영을 따라갔다. 소영은 씩씩대며 걷다 다리춤에 무언가 달라붙은 느낌에 설마 영가나 귀인가 싶어 화들짝 놀라 다리를 쳐다봤다. 거기엔 작은 강아지 한 마리가…정확히는 강아지령이 붙어 있었다, 처음 보는 강아지이지만 소영은 이 기운을 알고 있었다.

"복아?!"

"우리 복이, 강아지령이었구나. 세상에나. 진짜 귀엽다. 우리 복이."

근처 놀이터의 나무 그늘 밑의 벤치에 앉아 소영이 강아지령이 된 복이를 안아 무릎에 앉혔다. 말 못 하고 낑낑거리는 모습을 보아하니 할 말이 있는 듯한데. 왜 갑자기 강아지 모습이 된 거지?

그때 뒤에 있던 할머니가 한숨을 쉬고는 말했다.

화경을 열어주마.

                * * *

가여워라… 아가~ 아가~ 여기서 뭐 하니?
누굴 기다리는 거야?

전봇대 옆. 상처투성이로 움직이지도 못하고 묶여있는 강아지 한 마리.
문 사장은 강아지 옆에 쭈그리고 앉아 강아지 목에 묶인 끈을 풀어준다.

인간이 제일 잔인해…….
그런 꼴을 당하고도 주인을 기다리는 거야?
그런 인간은 주인도 아니야.
그러니 기다리지 말고 사자님 따라가야지.

재물 귀

동글동글한 까만 눈의 강아지가 문 사장의 품으로 파고들었다.

얼마나 짧게 끈을 묶어 놨는지 앉지도 못하게……. 이렇게 서 있다 힘이 빠져 목이 매여 죽었구나…….
얼마나 아팠을까……. 얼마나 무서웠을까…….

그런 나쁜 인간 기다리지 말고 나랑 가자.
이쁜 이름도 지어주고 맛난 것도 많이 줄게.
그러다 상처 다 나으면 사자님 따라 무지개다리 건너가자.

자 가자. 아가야.

다음 생에는 복 많이 받아 좋은 시절, 좋은 장소에 태어나자. 내가 큰 산을 하나 사서 버려진 동물들을 다 모아 치료도 해주고 밥도 실컷 먹이고 싶어서, 열심히 돈 벌고 있으니까. 그때까지 나랑 있어도 되고.

자, 가자. 이제 네 이름은 '복'이야.
산도깨비 기운으로 강아지령 '복'이가 사람 형태를 갖기 전의 이야기.

화경으로 본 문 사장은 아까 자신에게 화풀이를 하던 사람이 아닌 것 같았다. 평온한 얼굴이었다. 이런 사연이 있었구나. 무릎 위의 강아지 복이가 여전히 낑낑거렸다.

도깨비에게 받은 팔찌를 그 녀석에게 감아 주거라. 도깨비 기운으로 형상을 지키는 것이니 효과가 있을 게다.

할머니의 말이 끝나자 소영이 얼른 가방에 넣어두었던 팔찌를 꺼냈다. 복이가 팔찌에 찰싹 달라붙더니 다시 사람의 형상이 되었다. 그러나 기운이 좀 모자라 흐릿흐릿했다.

"누나! 제발 사장님을 도와주세요. 전 할 줄 아는 게 없어서 도와드리지 못해요. 누나가 도와주면 안 돼요?"

"복아……."

"도와주세요!"

소영은 한참 동안 우는 복이를 달랬다. 그리고 가게 앞까지 데려다주고 집으로 돌아왔다. 겨우 울음을 그친 복이가 신경 쓰였지만, 아까 문 사장과 한바탕하고 나설 때 속상한 마음에 준영에게 연락을 했었다. 만나기로 한 시간이 가까워져 소영은 복이에게 인사를 한 후 집으로 향했다. 도서관에서 자료를 찾던 준영이 소영이 걱정 되어 집으로 들렀다. 준영이 신발을 벗기 전 뒤에 계신 할머니께 인사를 드렸다. 준영도 이제 할머니가 보이는 게 무섭거나 하지 않았다. 특히 소영을 쳐다보는 눈빛은 신이기보다는 평범한 자애로운 할머니로 보였다. 준영이 소파에 앉자 소영이 그 옆으로 나란히 앉아 할머니에게 물었다. 아마 정말 문 사장을 화나게 만든 말은 바로 그 말일 것이다.

"할머니. '빌어서 태어난 아이'가 도대체 뭐에요?"

할머니는 별것 아니라는 듯 말을 툭 내뱉었다.

별거 없다. 태어나지 말았어야 할 아이라는 거지. 말 그대로 명부에 없는 목숨을 하늘에 빌고 빌어 태어나게 했을 때 빌어서 태어난 아이라고 한단다. 명부에 없으니 사주가 있을 리가 있나.

"그러면 굉장히 귀한 아이 아닌가요? 예전에 애가 없던 집에서 정화수를 떠 놓고 아이를 점지해 달라고 빌거나, 어떤 영험한 바위를 만지면 아들을 낳는다거나… 이런 종류의 이야기는 저희 세대도 아는 이야기인걸요."

준영의 말에 소영도 고개를 끄덕이며 할머니의 대답을 기다렸다.

그게 문제란다. 인간의 욕심은 끝이 없지. 신은 자신에게 절실하게 비는 인간이 가여워 가끔 천기를 거스르는 일들을 하고는 하는데 그런 경우지. 인간이 빌고 빌어 신의 힘으로 태아가 생기면 명부, 사주가 없는 아이로 태어나기 때문에 아이의 평생을 잘 살게 해 달라고 더욱더 간절하게 빌고 또 빌어야 한단다. 하지만 그런 경우 아이가 태어나면 대부분 신에게 감사함을 잊고 살지. 그게 아무것도 없이 태어난 아이에게 보호막이 사라지는 줄도 모르고. 신이 손을 때면 그 아이는 인간의 사주, 저승의 명부에 없으니 인간들도 신들도 관심이 없고 붕 뜬 존재가 되는 거란다. 아이를 어여삐 여기는 삼신에게도 아예 없는 존재. 결국 짐승보다 못한 존재가 되는 거지. 명줄이 짧거나, 급사하는 경우가 많단다. 게다가 문가는…….

문 사장에 대해 언급하려고 하다 할머니가 입을 닫았다. 그리고는 둘의 눈앞에서 아지랑이처럼 사라졌다. 소영은 다음 부분을 기다리고 있었던 터라 당황했다. 얼른 합장하고 기도를 했지만 대답이 없었다. 소영이 준영에게 말했다.

"대답이 없으셔. 제일 궁금했던 부분인데."

"그래도 일단 '빌어 태어난 아이'의 뜻은 알았네. 평생을 이곳저곳에서 괄시받고 살아오신 것 아닐까?"

"그래서 성격이 좀… 좋게 말하면… 남다른?"

둘은 서로를 쳐다보며 이해했다는 듯 고개를 끄덕였다. 소영과 준영은 심리학과였다.

그리고 이날 복이가 사라졌다.

15.

문 사장과 소영은 어제 서로 다툼 아닌 다툼을 한 것도 잊고 머리를 맞대고 있었다. 어제 소영을 따라 나간 후 복이가 집에 들어오지 않은 것이다. 전날 저녁. 복이가 평소처럼 근처 동물령들과 놀다 들어오려니 하고 문 사장이 퇴근을 했다. 그러다 오늘 아침 출근을 하고 나서야 복이가 없다는 것을 알게 되었던 것이다. 산 넘은 터에서 벗어나는 일은 모르신다. 결국 어제의 다툼도 잊고 소영에게 급하게 전화를 했고 놀란 소영도 부리나케 가게로 왔다.

"제 잘못이에요. 어제 제가 문 앞까지만 데려다주고 갔어요. 들어가는 것을 확인했어야 하는데……."

"아니야, 네 잘못 아니야. 내가 어제저녁에 찾아봤으면 좋았을 텐데."

"동물령이라 전단지도 못 만드니 어쩌죠? 살아있는 존재면 근처 친구들 SNS에라도 올릴 텐데……."

"친구들?"

문 사장이 한옥으로 뛰듯 들어가 잠시 후 부엌에서 간식 상자를 통째로 들고 나왔다. 소영도 얼른 한옥 마당으로 들어왔다.

"애들아, 이리 모여. 간식 줄게."

문 사장의 목소리를 들었는지 슬금슬금 고양이령들이 하나둘 모습을 드러냈다. 문 사장이 간식을 까서 툇마루 아래 댓돌 위에 올려놓자 고양이령들이 몰려와 찹찹 먹기 시작했다.

"색으로 구별해. 얼룩이, 까망이, 삼색이."

옆에서 지켜보던 소영은 처음 보는 이 광경이 신기했다. 문 사장에게 신기하고 귀엽다고 말하자 문 사장이 쓴 미소를 지으며 말했다.

"할머니가 눈 가리고 계신 것 잊지 마. 이 아이들 본 모습은 온전한 모습이 아니야. 사고인지 학대인지……."

눈을 크게 뜬 소영이 고개를 크게 끄덕였다. 고양이령들이 다 먹은 것을 확인하고 말을 걸었다.

"자, 애들아. 혹시 우리 복이 못 봤니?"

복이는 차사님 따라서 저승에 갔어요.
말렸는데 차사님이 복이를 들고 가버렸어요.
우리들도 데려가려고 해서 우린 도망쳤어요.

"저승?!"
"저승? 차사라면 저승사자?"

뭔가 큰일이 생긴 것 같다고 둘은 같은 생각을 했다. 문 사장이 대장인 삼색이에게 물었다.

"차사님이야 어디든 계시지만 복이가 원하지 않는 이상 데려가지는 않으시지. 그렇다면 복이가 가겠다고 한 건가? 이렇게 갑자기?"

복이는 천리안을 빌리러 간다고 했어요. 제일 높은 분한테 빌려

달라고 할 거라고. 차사님 저승 가실 때 따라갔다 온다고 했어요. 사장님이랑 산 님이 하는 이야기를 들었다고 했어요. 산 님이 저승에서 천리안을 봤다고.

"우리 대화를 들었었나 보네……. 이래서 애들 앞에서는 함부로 말하는 게 아니야. 거기가 어디라고……."

소영이 눈치로 얼추 대강의 내용을 알아들었다. 어제 자신이 사장님을 돕겠다고 확실히 말했다면 이런 일이 일어나지 않았을 텐데. 소영은 침울해졌다. 두어 시간 후 가게로 온 준영이 이 일을 알고 깜짝 놀랐다. 준영은 문 사장을 걱정 했지만 의외로 문 사장은 담담했다. 괜찮냐는 준영의 물음에 이렇게 답했다.

"여기보다 더 좋은 곳으로 간 거야. 거긴 죽은 복이가 더 일찍 들어가야 할 곳이었으니 차라리 다행이야. 차사님이 들고 가셨다잖아. 우리 복이 다리도 짧은데 편하게 갔으니 좋게 생각하자."

큼큼거리며 목소리를 가다듬고 문 사장이 소영과 준영을 향해 말했다.

"자, 둘 다 여기 앉아. 2주간 우리가 찾은 게 무엇인지 각자 말해보자. 일단 나부터. 일단 준영이의 영안은 열린 지 얼마 되지 않지만 악귀가 붙어 열린 것이라 시간이 좀 걸린다고 해. 이건 내가 알고 있는 무속업계 분들의 공통된 의견. 하지만 산 님이 힘을 써주신다면 단 하루 만에라도 가능하다고 하셔. 그러나 신과는 '주고받고'의 관계가 있지. 산 님은 터에서 해방되게 해주면 바로 준영이의 영안을 닫아 주실 거래. 준영이는 일반 무당 최소 1년. 그리고 산 님의 제안. 둘 중에 하나를 고르면 될 것 같아. 생각보다 영안은 닫기 어려워. 할 수 있는 분들도 많지 않고. 잘 생각해 봐."

"네."

준영이 대답했다. 이번에는 문 사장이 소영을 쳐다봤다.

"그리고 다음은 소영이. 소영의 뒤에 계신 조상신. 즉 할머니께서 산 님과 합을 본 내용이 있어. 나도 이틀 전에 들은 거라. 사실 할머니께서 명패를 들고 오신 큰 신은 맞지만, 핏줄로 내려온 조상신이시지. 사실 이렇게 일찍 내려오시려던 게 아니었는데 준영이에게 붙은 악귀가 소영이를 건들까 봐 보호 차 더 빨리 내려오신 거야. 내려오신 김에 자손을 직접 보니 제자로서 훌륭한 조건을 갖고 있었어. 그래서 기다리지 않고 제자로 삼으려고 하신 거지. 지금은 산 님과 합을 맞추셔서 보호는 해주시되 신내림 등은 좀 더 생각해 보신다고 하셨어. 원래는 소영이 '다음 대'에 내려오셨어야 한대. 그리고 김순호가 소영이의 영안과 귀문을 완전히 열어 놓은 것에 화가 많이 나셔서 산 님과 합을 보셨다고 하네. 일단 내 쪽에 서신다고."

문 사장이 여기까지 말한 후 일어나 소영의 뒤에 계신 할머니께 공손히 감사의 인사를 드렸다.

할머니는 문 사장이 지금도 마음에 들지 않지만, 그것보다 김순호에게 화가 난 것이 더 컸다. 동티나 신벌을 내리고 싶어도 김순호가 무엇을 모시고 있는지 보이지 않았다. 그것은 산도깨비도 마찬가지. 이 알 수 없는 존재에 대한 위화감이 두 신들 간의 합이 이루어진 계기가 되었다.

"그리고 김순호. 우리 앞 건물 '순호당'의 무당. 내가 여덟 살부터 아홉 살까지 키워 준 신어머니이고, 양밥… 그러니까 저주 전문. 절대 이름의 한자와 사주를 가르쳐 주면 안 돼. 모든 주술의 기본은 이름과 사주니까. 같이 있는 남자는 이니셜로 불러 '케이'라고. 김순호 신아들이자 나랑 같이 자란 피 안 섞인 동생. 현재 케이는 김순호 보조역인 것 같아. 케이는 나랑 다르게 진짜 무당이야. 그러니 김순호만큼 조심하도록 해. 특히 소영이. 저런 무당들은 신기가 떨어지면 다른 신을 잡아 먹거나 사 오거든. 할머니도 보지 못하시니 저쪽도 큰 신이야. 그러니 조심! 소영이는 배우는 중이고 매일 보니까, 준영이. 시작해."

준영이 가방에서 주섬주섬 노트북을 켰다. 화면을 띄우고 사진을 불러와 문 사장과 소영에게 보여주며 말을 시작했다.

"여기 사진을 봐주세요."

사진은 가게에서 멀지 않은 우물터 표지석 사진이었다. 지금은 없어진 우물 대신에 이곳이 예전에 공동 우물터였다는 글이 쓰여 있었다. 문 사장도 여러 번 갔었던 곳이다. 옛 우물터. 원래라면 그 옆에 서낭당이 자리하고 있어야 하지만 지금은 우물과 함께 기계에 밀려 사라졌다. 문 사장도 이미 알고 있던 사실이었다. 화경으로 본 산도깨비의 기억 속 오래된 아름드리 나무는 녹음이 가득하고 생명의 기운이 넘쳐 보였다. 매년 제를 올리고 기원을 올리는 마을 사람들. 그 마음을 원동력으로 삼은 서낭신도 힘이 굉장했을 것이다. 그러니 서낭당이 없어진 지 오래지만 아직까지 산도깨비를 터에 묶을 수 있었을 것이다.

"지금은 나무가 없지만 산 님에게 영향을 미치는 것을 보면 어쩌면 다른 곳으로 옮겨서 존재하시는 게 아닐까요?"

준영이 하는 말을 듣고 문 사장이 고개를 저었다.

"그건 이미 2년 전 나도 생각했던 거야. 하지만 나무가 신체라서 다른 곳으로 옮겨지기 어려워. 저 정도 서낭신이라면 더더욱. 내 생각은, 첫 번째… 그 기운을 받아 견딜 수 있는 신체 찾는 것이 굉장히 어려운 일이었을 것이고, 두 번째… 그 당시 인간들에 의해 갑자기 밀려 버려서 옮겨질 다른 신체 또는 도움받을 만신을 찾을 시간이 없었을 거야. 서낭신은 나무에 깃들어 자리를 옮길 수 없으니 그대로 밀려서 사라진 거지."

문 사장의 말을 듣던 준영이 씨익 웃었다.

"…설마?"

"네, 제가 뭘 좀 찾은 것 같아요."

"뭐? 어떻게?"

문 사장은 자신이 2년 가까이 찾아다닌 것을 준영이 2주 만에 찾았다는 말에 반신반의했지만 정말이길 간절하게 바랐다. 준영이 다음 노트북 화면에 다음 사진을 띄웠다. 이 당시 신문이었다. 새마을 운동 모자를 쓴 남성 여럿이 큰 서낭당 나무 앞에서 찍은 사진이었다. 나무는 보이지 않았지만 사람들 뒤편에 가려진 우물은 나무와 함께 사라진 공동 우물이 분명했다. 문 사장이 준영에게 물었다.

"이 사진 어디서 찾았니?"

"도서관에서요. 처음에는 이 당시 신문을 찾아봤어요. 신문에 날 만한 일은 아니라서 그런지 못 찾았어요. 산 님이 정확한 날짜를 아시는 것도 아니고. 그런데 이 당시 신문들을 보니 공통적으로 나오던 게 '새마을 운동'이었어요."

"새마을 운동이 왜?"

소영이 갸우뚱거렸다.

"70년대 새마을 운동 때 미신 배척도 성행했거든요. 마을 입구 서낭당에 치성 드리는 것을 없애버린 곳도 많았다고 해요. 그래서 새마을 운동 관련 서울 쪽 이야기가 실린 사진들만 찾아봤는데, 역시나 있었어요. 느티나무의 수령이 워낙 오래되고 아름드리 나무라고 할 만큼 컸으니 그냥 밀어버리지는 않았겠다 싶었거든요. 아무리 미신 배척이다, 길을 내기 위해 자른다 해도 수백 년을 땅에 뿌리 내리고 있던 서낭나무잖아요. 제사라도 지내지 않았을까 했어요. 그리고 공동 우물은 수도시설이 들어오면서 옛것이 없어지고 새 것이 들어온다고 이렇게 기념사진을 남긴 것이라고 적혀 있었어요. 이 사진의 기사에요. 사진은 우물 사진이 쓰였지만, 기사에는 공사 전 느티나무에 온 마을 사람들이 마지막 제를 올리고 공사를 시작할 거라고 쓰여 있어요."

문 사장이 눈을 반짝였다.

"퇴송굿."

"퇴송굿이 뭐에요?"

"신을 하늘로 올려보내는 굿, 주로 만신이 한다고 해."

소영의 질문에 준영이 문 사장 대신 대답했다. 문 사장이 노트북 속 사진과 기사를 번갈아 보며 말했다.

"그 시절 만신이라면 아마 돌아가셨을 테지만, 신딸이나 신아들은 살아있겠지. 그 사람들을 찾아야 해. 어쩌면 산신과 서낭신을 함께 퇴송굿으로 올렸을지도 몰라. 두 분이 함께 산 님을 묶었으니 합을 본 사이일 것이고… 그 당시 산도 밀어버린다고 했으니 만신이 두 분을 함께 올렸을지도 몰라."

문 사장의 말을 듣던 소영이 자신도 모르게 말했다.

"만신은 대단한 분인가 보네요."

"만신뿐만이 아니야. 사실 조선시대에 유교문화 때문에 무당이 천대받기 시작했지만 위로 더 거슬러 올라가면 한 집안에 무당이 나와 덕을 쌓으면 삼대가 복을 받는다고 했어. 천대받을 사람들이 아니었던 거야. 과학이 발달하지 않았던 시대에 사람들 마음을 추슬러 주던 사람들은 멀리 있는 왕이 아닌 그들이었을 테니. 그때는 왕보다 더 대우받았을지도 모르지."

"일단 제 조사는 여기까지예요. 이후 공사를 할 때 사건, 사고가 없었다고 하니 아마 퇴송굿이 성공적이지 않았을까 해요."

"준영아 잘했어. 확실히 젊은 사람들은 다르네. 난 도서관에 가서 책 찾아볼 생각은 못 했는데. 정말 잘했어. 고맙다. 다음은 소영이."

문 사장이 정말 기쁜 듯 웃으며 칭찬의 말을 아끼지 않자 뿌듯하게 웃는 준영이었다. 반대로 옆에 앉아 있는 소영은 울상이었다.

"저는 할머니께 제 능력 말고는 특별히 조사한 게 없어요. 죄송해요. 능력이라는 것도 할머니께서 주시는 거라 제 마음대로 할 수 없고… 지금은 예지몽 정도……."

말끝을 흐리는 소영의 손을 준영이 꼭 잡아주었다. 그 모습에 슬쩍 눈길을 주고 다시 소영을 향한 문 사장이 말했다.

"괜찮아. 소영이 너는 할머니 말씀 잘 듣고, 나중에 우리 대신 여쭤봐 주고, 대답을 듣고 알려줘. 그건 너만 할 수 있는 일이니까. 그리고……."

문 사장의 말꼬리가 느려지다 이내 다시 말을 이어갔다.

"어제는 미안했다. 내가 나잇값을 못했어."

"네? 아… 아니에요. 저도 죄송해요. 그리고 복이도……."

"복이는 걱정하지 마. 더 좋은 곳에 간 거야. 원래 여기 있어서도 안 되는 거였고……."

소영과 문 사장의 약간의 어색한 대화가 오고 가던 중 갑자기 소영이 무언가에 깜짝 놀라 고개를 돌려 할머니를 쳐다봤다. 그런 소영의 모습을 의아한 듯 바라보다 문 사장이 자리에서 일어나며 아직 앉아 있는 두 사람에게 말했다.

"너희 고생했으니까 점심 맛있는 거 사줄게. 나가자. 나 내일부터는 밀린 의뢰들 처리해야 해서 당분간 자리 비울 때 많을 거야. 어차피 가게라고 해도 뭘 사러 오는 사람은 없으니까 너희는 평소처럼 와도 돼. 문단속만 잘하고 다녀. 그리고 복이 일은… 내가 알아서 할게."

"나가자"라고 말하며 문 사장이 두 사람과 함께 문을 나섰다.

16.

다 함께 점심을 먹은 후 준영은 다시 도서관으로 향했고 소영은 일찍 집으로 돌아왔다. 식사를 하며 문 사장이 준 봉투를 열어보자 꽤나 많은 금액의 돈에 놀란 소영이었다. 고생했다며, 고생에는 보상이 있어야 한다는 것이 문 사장의 평소 생각이라고 두 사람에게 봉투를 하나씩 주었던 것이다.

"이렇게 많이 받아도 되나?"

된다.

갑자기 들려온 할머니의 목소리에 깜짝 놀라 고개를 드니 신줏단지 앞에 할머니가 서 있었다. 소영은 가게에서 할머니가 했던 말을 묻기 위해 일어섰다.

"할머니! 다 알고 계셨다고요? 그런데 왜 이제껏 말씀 안 해주셨어요? 사장님이 얼마나 서낭신과 산신을 찾으셨는데……."

내가 답할 의무는 없다. 나는 빌어 태어난 그 여자가 아니라 너만을 보호하는 게다. 다른 일들에는 관심 없다.

건조하고 매몰찬 대답에 소영은 할 말을 잃었다. 신이란 이런 것인가. 문 사장이 언젠가 말한 "신은 냉정하다."라는 말이 떠올랐다.

"이제 말씀해 주세요. 할머니가 해주실 수 있다고 하셨잖아요. 저 혼자만 들어야 한다고."

오냐. 말하마. 네가 나를 받아들여 제자가 되어 위에 있는 산신과 서낭신을 부르면 된다. 내가 부르면 그들은 올 것이야. 그 정도 신들에게 청해서 내려올 수 있게 할 수 있는 인간은 몇 안 된다. 평범한 제자들이 모시는 신들은 감히 어림도 없지. 그러니 김순호 같은 악신도 너를 이용하려 하는 게 아니더냐.

할머니의 말을 듣던 소영이 주먹을 꽉 쥐었다. 손에 땀이 났다. 결국 결론은 돌고 돌아 신내림이다.

'이 이야기를 사장님께 하면 나를 도와주지 않는 게 아닐까? 내 신내림을 피하는 방법을 찾아보신다고 했는데… 내가 신내림을 받아 산 님을 해방시킬 수 있다는 것을 알면 사장님도 결국 나에게 신내림을 받으라고 하는 게 아닐까?'

소영은 침대에 풀썩 걸터앉아 두 손으로 머리를 감쌌다. 두통이 오기 시작했다.

'이건 당분간 비밀이야. 당분간 사장님도 바쁘다고 하시니 다행이다.'

문 사장은 며칠 전 준영과 소영에게 말한 대로 밀린 일 처리를 하기 위해 나름대로 출장을 왔다. 김순호와 한 계약으로 산 도깨비가 자신의 터와 관련해서는 문 사장에게 힘을 빌려주지 않는다고 했었다. 그러나 그것과 다른 평소처럼 받는 의뢰는 문 사장과 먼저 계약이 되어 있었기에 산도깨비의 힘을 빌릴 수는 있었다. 그동안 산 님 일에만 매달리다 보니 의뢰가 꽤나 밀렸다. 일단 제일 중요한 일부터 해야 한다.

"사당. 김순호도 관련 되어있고 어린애까지 죽었어."

게다가 김순호와 산도깨비가 계약하기 전에 이미 받은 의뢰이기에 능력 제한이 없다. 문 사장은 정영진에게 전화를 걸었다. 아이를 잃은 엄마인 김하정보다는 조금은 더 냉정한 영진이 나을 것 같았다. 한참 동안 기다리다 전화를 끊고 영진에게 메시지를 남겼다.

– *의뢰하신 일 진행하려고 합니다. 연락주세요.*

영진의 핸드폰으로 문 사장에게 온 메시지를 확인한 하정은 침대에 누워있는 영진을 바라봤다. 어제 병원에서 온 연락을 받고 하정은 정신을 차릴 수가 없었다. 음주 운전자의 차가 인도까지 밀고 들어와 멀쩡히 인도를 걷던 영진을 친 것이다. 아무리 음주 운전이라도 인도까지 올라와 사람을 치는 경우가 흔하지는 않다. 그래서 하정은 더욱 불안했고 화가 났다. 얼마 전 아이를 잃고 이제는 남편까지……. 겨우 이러려고 이혼까지 했단 말인가. 도대체 정말 귀신이란 것이 있다는 말인가!

하정은 처음 시어머니께 집안 내력을 들었을 때 시댁 사람들이 전부 머리가 어떻게 된 건가, 라는 생각을 했었다. 아주

버니와 시어머니… 두 분이 한 번에 돌아가셨을 때에는 설마 했고 뒤따르듯 시아버지까지 돌아가시자 문제의 심각성을 깨달았다. 그래서 영진이 하자는 대로 군말 없이 이혼, 그리고 아이의 호적까지 바꿔가며 준비했다. 아들을 살리기 위해서 못 할 것이 없었다. 그러나 결국 하정은 아들을 잃었다. 모든 것을 다 잃은 줄 알았는데… 호적을 정리했지만 여전히 사랑하는 영진도 잃을 상황에 처한 것이다.

하정이 사람까지 대동하고 THE MOON에 갔던 날. 영진의 손에 끌려 나와서 그동안 몰랐던 일들을 알게 되었다.

"귀신이라니……. 진짜 있다는 거야? 여보, 말 좀 해봐요. 제발 죽지 마……."

하정은 영진의 손을 꼭 잡았다.

"내가 지켜줄게. 뭘 해서든."

하정은 영진의 핸드폰을 들고 통화 버튼을 눌렀다. 잠시 후 상대방이 목소리가 들렸다.

- *여보세요. 'THE MOON'입니다.*

문 사장은 내일 하정과 만나 함께 영진의 본가로 내려가기로 했다. 영진까지 사고로 누워 있다는 말을 듣고 문 사장은 마치 자신의 탓인 것 같아 마음이 불편했다. 이렇게 빨리 문제가 생길 줄이야. 혹시 몰라 영진에게 해주었던 비방이 소용이 없었던 것 같다. 아마도 모든 일의 원인은 김순호. 그런데 그만큼 능력이 있다고?

'이 정도까지 일 줄은 몰랐는데……. 도대체 그동안 어떤 악신을… 케이는 그렇다 쳐도 김순호는 말이 안 되잖아. 저 정도 나이면 신이든 악신이든 떠나는 게 일반적인데. 저 늙은 육체로 악신의 기운을 받아들일 수 있다는 거야?'

소영에게 말해준 적이 있다. 인간의 육체를 이용해 신의 기운을 쓰는 것이다. 신이 큰 힘을 쓰려면 그만큼 강한 제자의 육체가 필수 조건이다. 그래서 많은 신들이 제자가 나이가 들면 떠난다. 소영도 젊고 강한 육체를 타고났기에 큰 신이 올 수 있었던 것이다. 신도 이왕이면 젊고 건강한 사람을 선호하는 편인 것이다. 제자들은 비록 육체는 망가지지만, 영은 덕을 쌓는 것임을 알기에 망설임 없이 신의 길을 따른다. 문 사장 입장에서는 정말 대단한 사람들이다. 이러한 사정을 알고 있는 문 사장이기에 더욱 김순호가 이질적으로 느껴졌다.

'일반적인 신과 악신은 다른 건가? 아니지. 오히려 더 큰 육체적 손상이 있을 텐데……. 역시 제물을 이용하는 건가?'

능력이 없어 지식만이라도 남들 이상으로 갖춰야겠다고 결심한 후 많은 공부를 해왔다. 그러나 이렇게 난제일 때는 배우고 또 배워도 부족하다고 느낀다. 김순호에 관련된 것은 산님께 여쭤볼 수 없다. 이럴 때는 신께 질문을 하고 가르침을 받을 수 있는 '제자'들이 부럽기만 한 문 사장이었다. 소영이나 준영에게 의견을 구해볼까도 생각했지만, 이런 상황에서 두 사람이 떠오르자 문 사장은 스스로에게 당황해 도리도리를 했다.

'뭐야 갑자기 이 둘이 왜 떠오르는 건데! 내가 언제부터 남들한테 기댔다고! 하룻강아지들 같으니!'

괜히 혼자 북 치고 장구 치고를 하다가 '강아지'로 생각이 넘어가니 복이로 의식의 흐름이 진행되어 살짝 우울해졌다. 다시는 볼 수 없다.

'우리 복이……. 요즘 같이 산책도 못 갔는데…….'

다시 고개를 흔들며 자리에서 일어나 팔을 위로 쭉 뻗었다.

'피곤해서인지 집중이 안 되네…….'

정신을 차리기 위해 커피라도 한잔할까 하던 그때 가게 문을 열고 케이가 들어왔다.

"누나, 가게에 불이 켜져 있어서 안에 있나 하고……."

"어, 너 마침 잘 왔다!"

"응?"

뜬금없는 문 사장의 말에 케이가 어리둥절한 표정을 지었다.

커피를 내려 케이에게 건네고 문밖으로 나가 영업 종료 팻말을 걸었다. 밖에서 보면 너무나 예쁜 가게지만 웬만큼 기가 세지 않고서야 들어올 수 없는 곳. 앤티크 숍 THE MOON.

"누나, 어차피 손님도 없는데 귀찮게 뭐 하러 그런 팻말을 달아?"

"누가 그래? 우리 가게 손님 없다고?"

"나 무당이야, 누나."

"그래, 너 잘났다."

두 사람은 시답잖은 이야기로 시작해 서로의 근황을 물으며 담소를 나누기 시작했다. 말꼬리 끝에 문 사장이 대놓고 김순호의 근황을 묻자 오히려 케이가 당황하는 얼굴이 되었다.

"너무 직설적인데? 내가 대답할 수 있을 것 같아? 잊지 마. 나는 '순호당' 사람이야. 대신 대답할 수 있는 것은 해줄게. 어머니 관련된 것 빼고."

"그래. 그럼 하나 묻자. 정씨 집안. 사당 문. 너희가 완전히 연 거지? 그냥 의뢰받아서 간 것뿐인 거야? 그러면 내가 다시 닫는다면? 또 열거야?"

한 번에 여러 개의 질문을 받자 케이가 머릿속으로 정리를 하는지 잠깐 멈춤 상태가 되었다. 맞은편에 앉아 있던 문 사장이 대답을 기다리며 커피를 한 모금 마셨다. 그리고 케이의 표정을 살폈다. 어릴 때는 표정 변화가 많았는데 지금은 거의 없다. '역시 표정으로 파악하기는 실패네'라고 생각했다.

케이가 생각을 정리했는지 아까의 물음에 대답하기 시작

했다.

"첫 번째. 응. 우리가 열었지, 완전히. 두 번째. 모든 의뢰는 어머니가 직접 받아. '순호당'은 저주 전문이야. 일반 당집처럼 손님을 받지 않아. 다 소개로 받지. 내가 알기론 정씨 집안의 일도 소개를 받았다고 알고 있어. 세 번째. 세 번째 질문과 네 번째 질문의 답은 일맥상통해. 일단 누나가 다시 닫아도 우린 상관없어. 열어 달라는 게 의뢰였으니 일단 우린 해주고 끝난 일이야. 대신 닫아 달라고 의뢰가 들어온다면 닫으러 갈 테고."

케이의 말을 들은 후 문 사장이 입을 열었다.

"그 사당의 목 없는 귀. 하는 짓이 귀를 넘어 악신에 가깝던데. 사당을 열자마자 우리 쪽 비방을 뚫고 의뢰인과 그 아이까지 해를 입혔어. 그래서 난 다시 문을 닫으러 갈 거야."

"누나. 그러다 이번엔 누나가 살을 맞을 수도 있어."

"내 걱정되면 말해줘. 내가 산 님의 기운을 쓰지 않고 문을 닫을 방법. 난 어차피 신력이 없으니 적 앞에 무장해제 상태잖아. 산 님의 힘을 쓸 수 있을 줄 알았는데 생각해 보니 우리도 이번이 두 번째 의뢰, 즉 계약이지. 첫 번째 계약의 연장이 아니고, 김순호가 얽혀 있어서 산 님이 힘을 못 빌려주실 듯해. 그렇다면 나 혼자인데……. 네가 조언할 수 있는 게 있으면 해줘. 나도 죽기는 싫어."

케이가 얼굴을 찡그렸다.

"그 의뢰 물러."

"안 돼."

단호한 문 사장의 말에 케이가 더욱더 얼굴을 찡그렸다.

"이렇게까지 해야 하는 이유가 뭐야?"

"내 능력을 인정받고, 내 자리를 지킬 거야. 다시는 뺏기지도 내쳐지지도 않을 거야."

깊게 한숨을 쉰 케이가 머리를 숙여 무릎에 이마를 잠시 박았다 천천히 고개를 들었다.

"반사. 우리 업계 말로는 역살. '살'이 오면 맞고 되돌려주는 거지. '살'은 사실 저주의 핵심이잖아. 성공하면 100%지만 대신 실패 하면 술사에게 200% 이상의 상처를 남기지. '살'은 힘, 에너지 그 자체야. 죽으라고 날린 '살'이 두 배로 되돌아가면 뭐겠어? 어머니의 핵심이 '살'인데… 이번 문 여는 데 힘으로 사용되지 않았을라고. 죽은 그 아이. 어머니가 살을 날릴 때 공양한 제물이 된 거야. 어머니는 일부러 실패할 살을 날리고 돌아온 역살에 제물인 아이는 죽고, 200%로 증가되어 돌아온 그 힘을 신이 이용, 산도깨비의 말뚝은 뽑히고, 문은 열리고. 어머니 정도면 비방 뚫는 건 문제도 아니야. 그런 신을 모시고 있어. 어머니는……."

문 사장은 그 집안 핏줄을 제물로 썼다는 말에 충격을 받았다. 하정이나 영진이 알면 대노할 일이지만 법적으로 처벌할 기준도 없다. 믿지 않는 사람들에게 이들은 한낱 사기꾼으로 보일 뿐이다.

'그 정도인가. 도대체 어떤 악신이지?'

케이가 다시 입을 열었다.

"누나가 죽으면 돼."

"…뭐?"

"사당에 들어가서 그 귀한테 공격받으라고. 죽으면 끝이지만 운 좋아 살게 된다면 어머니의 비방은 실패. 살을 기본으로 깔았으니 다시 어머니에게 두 배로 돌아갈 테고 그러면 어머니는 타격이 클 거야……. 신이 어느 정도 막아줄 테니 죽진 않겠지만."

"이해했어."

문 사장의 대답을 끝으로 두 사람 사이에 적막이 흘렀다. 한참을 말없이 각자의 찻잔만을 바라보고 있을 때 케이가 적막을 깨고 작은 목소리로 말했다.

"이 방법뿐이야. 누나가 못 버티고 죽을 수도 있어. 그러니 이 일은 접어. 어머니 걱정이 아니라 누나 걱정을 하는 거야."

"응, 고마워. 진심이야."

다시 적막이 흘렀다.

아침 일찍 문 사장과 하정은 함께 영진의 본가로 향했다. 큰 준비물도 없이 가게를 나서서 차에 올라탄 문 사장의 모습이 하정에게는 조금 이상해 보였다. TV에서 보던 무속인들과는 좀 다른 것 같은……

"그날은 미안했어요……. 아이가 죽고 제정신이 아니었어요……."

"이해합니다. 신경 쓰지 마세요."

더 이상 대화가 이어지는 일 없이 조용한 가운데 얼마 뒤, 두 사람은 익숙한 기와집 앞에 도착했다.

하정이 나무 대문을 밀자 삐걱하는 소리를 내며 문이 열렸다. 그래도 시부모님이 살아계실 때 근방에서 꽤나 이름 날리던 고택이었지만 사람이 살지 않자 불과 몇 개월 만에 집이 상했다. 본디 한옥은 나무가 기초서여 늘 쓸고 닦고 사람 손이 닿아야 한다. 그러나 지금은 이미 빛을 잃고 을씨년스러워 폐가라 해도 믿을 법했다. 하정은 끓어오르는 분을 참지 못하고 발아래 돌을 집어 들어 한옥을 향해 집어 던졌다. 돌은 멀리 가지 못하고 댓돌 즈음에 떨어졌다. 하정이 결국 그 자리에 주저앉아 울음을 터뜨렸다. 문 사장은 이럴 때 이론적으로는 위로해야 한다는 것을 알고 있었지만 실제로는 해본 적이 없어 조금 당황했다.

'복이만 없어도 이렇게 마음이 아픈데… 아이를 잃으면 얼

마나 마음이 아플까······.'

 어릴 때 신부님과 수녀님들이 해주시던 기억을 되살려 무릎을 꿇고 하정을 안아주었다. 문 사장의 품에서 하정이 한참을 더 울고 나서야 겨우 일어났다. 그리고 문 사장의 손을 꽉 잡고 말했다.

 "이제 가요. 사당으로."

 베어진 대나무 숲을 지나며 하정이 물었다.

 "사장님, 오늘 저 죽으러 온 거에요. 저 안에 있는 게 뭐든. 내 아들 죽인 놈 절대 가만 안 둬요."

 "···네. 저도 죽으러 왔어요."

 사당으로 들어가는 대문 앞에 도착했다. 귀기가 얼마나 뻗치는지 영능력이 전혀 없는 하정마저 문 앞에서 뒷걸음을 칠 정도였다. 일명 '촉'이라고들 말하는 느낌. 평범한 사람들의 이런 '촉'이 위험한 상황을 피하게 해주는 경우가 많다. 문 사장이 하정의 어깨를 잡고 자신의 뒤에 세웠다. 그리고 차분히 말했다.

 "금방 끝날 거예요. 짧으면 1분, 길면 5분 정도. 제가 10분이 지나도 나오지 않으면 절대 문을 열지 말고 도망가세요."

 "그 말 뜻은······."

 "솔직히 말할게요. 제가 살을 맞을 건데 살을 맞고 살아있다면 제가 이긴 거고, 지면 죽는 거예요. 간단해요."

아무 말도 못 하는 하정을 뒤로 하고 문 사장이 대문을 열고 들어갔다. 눈앞에서 닫힌 문을 바라보다 하정이 어디론가 전화를 걸었다.

영진과 두 번째 왔을 때와 비슷하다. 폐가처럼 변해가는 아래의 기와집과는 달리 이 사당만큼은 여름임에도 불구하고 제초까지 완벽히 해놔 아주 깨끗했다. 그 동생 내외가 아주 알뜰살뜰 모시는 것이 티가 났다.
"나보다 더 돈 좋아하는 사람들이 있었네."
문 사장이 잘 정돈된 큰 사당의 문 앞에 섰다. 옆에 위치한 볼품없는 조상 사당과는 다르게 여전히 건재함이 느껴졌다. 그 위로 뻗치는 귀기가 보이기는 하지만 느껴지지는 않는다. 일반인도 느낄 수 있을 정도이지만 문 사장은 느낄 수가 없었다. 산도깨비가 겁대가리가 없다고 말했던 것이 이런 부분이었다. 느껴지지가 않으니 겁이 나지 않을 수밖에. 태어날 때부터 보이던 눈 때문에 시각적 효과 역시 문 사장에게는 소용이 없었다. 한마디로.
"겁을 상실한 년이지. 내가."
문 사장이 고개를 들어 하늘을 봤다.
"오늘 내가 죽으면……. 젠장, 여름이라 벌레가 들끓겠지."
문 사장이 심호흡을 크게 한 번 하고 사당의 문을 열었다.

뻗쳐오는 귀기가 보이며 사당 바닥부터 잘린 손발들이 기어 나오기 시작했다. 이런 잡것들 말고. 더 큰 놈. 그렇지, 저기 나오는 저 놈.

문 사장이 사당으로 들어가 문을 닫았다.

사당 문이 닫히는 소리가 들렸다. 하정이 들고 있던 핸드폰으로 시간을 보기 시작했다. 오전 10시 10분. 앞으로 10분.

* * *

김순호가 성대히 차린 제사상 앞에서 땀을 뻘뻘 흘리며 혼신의 힘을 다해 빌고 있다. 그 옆에서 케이가 무표정하게 다 타가는 촛불을 보다 새 초를 준비했다. 제사상 앞 커다란 쌀독에 새로운 초를 꽂고 불을 붙이며 슬쩍 김순호를 쳐다보자, 김순호가 비는 것으로는 모자랐는지 벌떡 일어났다. 그 몸동작에 맞춰 주변의 악사들이 더욱더 빠르게 연주하기 시작했다. 빨라지는 장구, 징 소리에 맞춰 김순호가 칼을 들고 자리에서 빠른 속도로 쿵쿵 뛰기 시작했다. 사람의 속도라고 믿기지 않게 뛰면서 눈물을 흘렸다. 울면서 칼춤을 추는 김순호를 케이가 한참을 무표정으로 쳐다보던 어느 순간.

손으로 목을 잡더니 김순호가 자리에 쓰러졌다. 거품을 입에 물고 물 밖으로 나온 물고기처럼 파닥파닥 거리자 주변의 악사들이 음악을 멈추고 놀라서 우왕좌왕했다. 케이가 그들을 향해,

"어서 119에 신고 해주세요! 빨리요!"

라고 외친 후 뛰어들어 거품을 물고 있는 김순호의 고개를 돌렸다. 거품을 문 김순호는 눈물을 흘리며 금방이라도 숨이 넘어갈 듯 꺽꺽거렸다. 김순호는 케이에게 힘들게 말을 하고는 잠시 후 숨을 멈췄다.

케이가 김순호를 내려놓고 벽에 걸려 있는 시계를 봤다.

"10시 15분."

10시 20분. 문 사장이 말한 10분이 지나고 있었다. 그러나 하정은 도망가지 않았다. 열리지 않는 사당 문을 바라보던 하정이 핸드폰을 들어 전화를 걸었다.

"네. 지금 오세요."

전화를 끊자마자 사당 대문이 열리며 문 사장이 걸어 나왔다.

"어?"

"어?"

서로 멀뚱히 쳐다보며 각자 시간을 확인했다.

"왜 안 도망쳤어요?"

"살아있으면서 왜 이제 나왔어요?"

살아 있는데 혼나는 느낌을 받은 문 사장이 무언가 말하려고 하던 순간, 하정의 뒤쪽으로 대나무 숲을 지나 이쪽으로 오는 검정 옷의 무리들이 보였다. 문 사장의 기억이 맞으면 처음 하정이 들이닥쳤을 때 왔던 사람들 같았다. 하정의 얼굴을 쳐다보자.

"저 죽으러 온 거라고 했잖아요. 저 안에 있는 악마 같은 새끼. 죽였어요?"

"네. 그러니 제가 살아있겠죠?"

"그럼 이제 문제없겠네. 시작하세요."

하정과 문 사장을 지나 남자들이 들고 있던 연장을 들고 대문을 지나 사당들을 부수기 시작했다. 황당한 표정으로 하정을 쳐다보자 그녀가 말했다.

"곧 있으면 전문 철거업자들도 올 거예요, 이건 일단 제 분풀이."

그날 오후 하정의 차로 가게까지 돌아왔다. 문 사장이 하정을 배웅한 후 가게 문을 열기 위해 손잡이를 잡는 순간.

"어?"

문이 잠겨있지 않았다. 달칵하고 손잡이를 돌려 들어가니 그 안에는 평소처럼 준영과 소영이 나란히 테이블에 앉아 커피를 마시고 있었다.

"아?"

"사장님 오셨어요!"

"일은 다 끝내신 거예요? 사장님도 커피 드실래요? 이제 내렸어요."

준영이 일어나 커피를 따르고 소영이 여기 앉으시라며 옆 의자를 내주었다. 의자에 앉은 문 사장이 커피를 받아 들고 말했다.

"나는 사지를 다녀왔는데. 너희는 데이트 중?"

아니라고 손사래 치는 둘의 모습을 보며 문 사장이 웃으며 커피를 마시기 시작했다.

"따뜻하니 좋네."

며칠 후 문 사장은 하정의 전화를 받았다.

- 고마웠어요. 그이는 정신을 차려서 이따 일반 병실로 옮기기로 했고 저도 괜찮아요. 문 사장님은 어떠세요? '살'이라는 걸 말만 들어봤지 상상이 안 되네요. 감사합니다.

"저는 괜찮습니다. 그런데 그때 사당은······."

다 때려 부쉈나요? 라고 물을까 생각하던 중 하정이 먼저 말을 뗐다.

- 다 부쉈어요. 한옥도 조만간 부수려고요. 남편이 사고 전부터

말했었어요.

"아, 네."

– 그럼 조만간 인사드리러 가겠습니다. 아이 천도제를 지내고 싶은데…….

"아, 죄송하지만 전 무당이 아닙니다. 다른 분을 찾아보셔야 하겠네요."

– 네, 알겠습니다. 아, 그리고 계좌 확인해 보세요. 돈 안 받으신다고 하셨지만 제 정성입니다. 그럼 이만.

하정과의 통화가 끝나고 바로 뱅킹 앱을 열어 확인했다. 생각보다 더 많은 입금액에 자신도 모르게 문사장의 입꼬리가 올라갔다.

"오늘 산 님, 간식이랑 술안주로 뭘 해 드릴까나~."

그러나 잠시 후, 한창 좋았던 문 사장의 기분이 케이의 전화를 받고 다시 제자리로 돌아왔다.

"그래……. 장례 끝나면 보자."

김순호가 죽었다. 악신이라도 자기 제자는 지켜줄 거라 생각했는데. 그렇지만 동정은 가지 않았다. 업보다. 내가 모르는 시간동안 얼마나 산 사람을 제물로 삼았을까……. 오히려 걱정되는 것은 케이였다. 케이는 괜찮은 걸까? 많은 의문이 들었지만 일단 케이를 만나야 한다고 생각하며 불을 끈 후 가게를 나섰다.

케이가 순호당 닫힌 창문 뒤로 가게를 나서는 문 사장을 무표정한 얼굴로 주시했다. 케이의 뒤에 있던 남자가 케이에게 핸드폰을 건넸다. 케이가 전화를 받자 상대방이 소리를 지르기 시작했다.

- 김 보살이 죽으면 내 일은 어떻게 되는 건가! 아직 그놈들이 멀쩡하게 살아있어!

가만히 듣고 있던 케이가 느긋하게 대답했다.

"아직 약속한 날짜가 남았습니다. 걱정 마세요. 일단 장례부터 치르고 연락드리겠습니다."

- … 알겠네. 나야 늘 자네를 믿지. 아, 그리고 장 비서 편에 고기 좋은 놈으로 보냈네. 날 더운데 몸보신 잘하고. 난 자네만 믿겠네. 필요한 건 언제든 장 비서한테 말하게.

"네, 감사합니다."

통화를 마친 후 핸드폰을 남자에게 돌려주었다.

"장 비서님, 그 고기, 배달 좀 부탁드릴게요. 주소 보낼게요."

"하지만 회장님께서 케이님 드시라고 보내셨는데……."

"괜찮아요. 나중에 제가 말씀드릴게요. 전 어려서부터 고기를 못 먹어서요. 그래서……."

다시 창밖으로 고개를 돌리며 말을 덧붙였다.

"고마운 사람에게 선물하려고요."

산도깨비가 만족스러운 얼굴로 문 사장이 하는 이야기를 들으며 막걸리를 째로 들이부었다. 내용은 전날 사당 문을 닫은 일. 산도깨비의 힘을 빌리지 않고 문 사장 자신만이 가지고 있던 특이체질로 사당 안 악귀를 처리한 일에 대해 말하는 중이었다. 그리고 일을 처리하다 의문점이 든 게 있어 산도깨비에게 물어보기 위함이었다. 문 사장은 무당이 아니기에 신어머니가 없어 물을 수 있는 사람이 없었다. 다행히 저승과 이승 두 세계에서 오래 살아온 산도깨비가 그 역할을 해주었기 때문에 어찌 보면 스승과 제자 같기도 한 사이였다.

"조금 당황했던 것이 사당 안에 들어서자 이미 그 악귀 뒤로 검은 구멍 같은 것이 열려 있었어요. 처음에는 저곳에서 나왔나 싶었는데 나중에 보니 아니더라고요."

"그래도 살을 맞을 생각으로 가다니. 너도 참 여전히 겁이 없구나. 내가 너에게 내리는 동티나 살은 사실 죽이려고 내리는 게 아니니 그렇다 쳐도. 그놈은 악귀를 넘어 악신의 수준이었는데, 어떤 일이 벌어질 줄 알고 목숨을 걸었던 게야."

문 사장이 능숙하게 막걸리를 흔들고 뚜껑을 따서 큰 막사발에 부으며 대답했다.

"저 말고도 죽으러 간 여자가 또 있더라고요. 그래서 힘이 났나 보죠. 하하."

"자식을 잃었으니 애간장이 끊어지겠지……."

자 계속 말해 보거라 하며 쭈욱 막걸리를 들이켜는 산도깨비.

"사실 저도 제가 주술이나 살, 동티 아무것도 통하지 않는 몸이라는 것을 알고 있긴 했는데, 케이가 역살에 대해 말할 때 진짜 이것밖에 없구나 싶었어요. 다행이었죠. 전 제물이 필요 없으니까요."

소반 위에 올려진 떡을 하나 입에 넣고 오물오물 씹으며 말을 이어갔다.

"그리고 악귀에게 살을 다 맞을 때까지 아무 이상이 없어서 '아, 난 정말 텅 비어 있구나.'라고 느꼈죠. 그리고 그놈이 저를 잡으려고 해도 쑤욱 빠져버리니 좀 웃겼어요. 뭔가… 목 없는 귀가 봉산탈춤 추는 느낌?"

그건 또 뭐냐 라며 산도깨비가 혼잣말처럼 중얼거렸다.

"아무튼 제가 이상하다는 건 여기부터예요. 귀가 멸할 때 늘 연기처럼 아지랑이처럼 사라지는 형태로 보였는데 이번에는 달랐어요. 절 잡으려고 움직이던 걸 멈추고 갑자기 제자리에서 뛰기 시작하더라고요. 그게 꼭, 무당이 굿판에서 뛰는 모양새로… 그러다 뒤의 구멍이 커지더니 그놈이랑 아래에서 기어

다니던 토막귀들까지 싹 다 그곳으로 빨려 들어가더라고요. 저한테는 아무런 해도 느낌도 안 들었어요."

이 부분에서 산도깨비가 진지한 어조로 물었다.

"검은 구멍이라고?"

"네, 혹시 이런 거 본 적이나 들어본 적 있으세요? 악신에 가까운 악귀니까 저승에서 이런 식으로 데려가나 싶어서요."

산도깨비가 인상을 찌푸렸다. 산도깨비가 저승에서 이승으로 내려온 지 오랜 세월이 되었지만 저승의 법도가 쉽게 변하지 않는다는 것은 안다. 게다가 악신 정도라면 잡아가는 것이 아니라 그 자리에서 멸하는 것이 맞다.

"나도 잘 모르겠다."

산도깨비가 솔직히 말했다. 그리고 가장 궁금했던 역살 맞아 죽은 김순호에 대해 물었다.

"나도 느꼈지. 어찌 되었든 계약한 인간이니. 기운이 사라진 걸 보고 저승길 올랐구나 했다. 네 말을 들으니 역살로 죽었구나. 도대체 몸주신이 뭐길래……. 아무튼 너에게는 좋은 일이지. 다시 나와 너의 계약만 남은 것이 아니냐."

"네, 그래도 좀 씁쓸하네요. 케이도 걱정되고요. 아니지, 케이도 김순호와 계약이나 제재로 묶였던 거라면……."

"그럼 그 인간이 너에게 고마워하겠구나. 맞는다면 고기나 사라고해서 얻어먹고 오너라. 문가, 너 고기 좋아하지 않느냐.

하하."

문 사장이 함께 하하 웃으며 "그럴까요?"라고 대답했다.

그리고 그날. 케이가 보낸 선물이 배달되었다. 케이로부터의 메시지까지 확인 후 배달 온 사람에게 건네받은 고기는 포장만 봐도 특상품이었다.

"역시 산 님은 대단해. 이걸 예지력으로 보신 건가?"

문 사장이 포장된 상자를 가지고 냉큼 안으로 들어갔다.

* * *

문 사장에게 봉투를 받은 날. 준영은 생각보다 많은 돈에 깜짝 놀랐다. 그러나 이내 자신의 어깨를 토닥토닥거리며 스스로를 칭찬했다. 돈보다 문 사장과 소영에게 인정받은 기분에 만감이 교차했다.

"잘했다! 이준영! 은혜를 갚았다!"

퇴원하고 처음 얼마간은 귀에 씌였던 일을 기억을 못했었다. 지금도 간간이 띄엄띄엄 생각날 뿐이다.

그럼에도 스스로 귀에 씌였었다고 확신하는 것은 그 후 흐릿하지만 인간 아닌 무언가가 보이기 시작했기 때문이다. 소영의 상황을 듣고 돕기로 마음먹은 이유 또한 소영을 도우며 자신도 도움을 받기 위해서였다. 처음 산도깨비 '산 님'을 봤을 때엔 말은 안 했지만 오줌을 지릴 뻔했다. 시간이 지나 영가나 귀 등에 대해 알게 되니 무서움보다는 호기심이 생겨 전공 공부보다 더 열심히 파고들었다. 게다가 소영처럼 뒤를 봐주시는 든든한 뒷배도 없기에 믿을 건 준영 자신밖에 없었다. 그나마 다행이었던 것은 문 사장은 인터넷이나 SNS에 관해서는 거의 문외한이었다. 그래서 준영은 도서관에서 노트북을 켜놓고 살았다. '엉덩이로 공부한다.'라는 말처럼 오랜 시간을 도서관에서 보내며 명문대에 진학했다. 책을 보거나 자료를 찾거나 공부하거나. 제일 자신 있는 분야였다. 그리고 연결고리들을 찾았을 때의 성취감!

"만세!!"

준영은 대학교 입학을 했을 때보다 더 기뻐하는 자신을 발견했다. 브리핑을 마친 후 문 사장과 소영이 자신을 쳐다보는 눈빛! 칭찬! 모든 것을 보상받는 느낌!

게다가 받은 돈은 한 학기 등록금으로도 충분했다. 영안 문제가 해결된다면 부모님께 손을 벌리지 않고도 휴학계를 철회하고 다시 학교로 돌아갈 수 있다. 게다가 소영이랑도 다시 잘 되어가고 있다.

준영은 다시 한번 더 열심히 일해야겠다고 다짐했다.

며칠 후 준영은 문 사장에게 단체 메시지를 받았다.
- *내일 점심은 고기 파티!*

"나… 사장님네 가게에 취업할까?"

17.

복이가 사라진 후 오랜만에 산도깨비가 마당으로 나왔다. 안 그런 척해도 늘 함께 있어주는 복이가 있어 위안을 삼던 산도깨비였다. 다함께 웃고 먹고 떠들다 '산 님의 해방을 위해 건배'를 외치며 막걸리 막잔을 끝으로 해산하였다.

산도깨비에게 인사를 드린 후 가게를 나서려던 때 문 사장을 부르는 목소리가 들렸다.
"누나~! 다 끝났어?"
3층 순호당에서 창문을 열고 케이가 손을 흔들었다.
"어~! 너 있었어? 내려오지 그랬어~!"
"나 어차피 고기 못 먹어~! 올라와! 밤이라 사람들 많아 잘 안 들려~!"
뒷골목이라도 역시 대학가다. 밤이 되니 오히려 복작복작 사람들이 많아졌다. 할 말도 들을 말도 있었기에 문 사장은 손가락으로 OK를 만들어 보이곤 순호당이 있는 앞 건물로 들어갔다.

"누나도 참. 요즘 OK를 누가 써! 나이 티나!"

케이가 문을 열어주며 문 사장을 놀렸다. 한층 밝아 보이는 케이의 표정에 문 사장은 안심하고 소파에 앉았다.

"밤이니까 커피 말고……."

"물이나 드세요."

말도 끝나기 전에 500ml 생수병을 건네는 케이를 보며 문 사장이 어릴 때를 떠올렸다.

'그래, 그때는 우리가 이랬었지.'

마치 어릴 때로 돌아간 것 같았다. 그때도 김순호가 없으면 놀이터에도 가고 만화영화도 보고……. 김순호 앞에선 주눅 들어 조용조용 했었지만 둘만 있을 땐 결국 어린아이들이었기에 장난치고 노는 것이 일상이었다.

"넌 괜찮니? 김순호… 어떻게 끝난 거야?"

그래도 어린 시절 몇 년을 같이 보내서인가… 악인임을 알지만 마냥 웃을 수는 없었다. 반대편 소파에 앉아 있던 케이가 물을 한 모금 마신 후 입을 열었다.

"누나 때문 아닌 거 알지? 안다면 말할게."

"많이 컸다. 그래. 알아. 내 잘못은 하나도 없어. 오히려 가만히 살 맞아준 건 나니까. 기운이 모자라서 역살 맞은 거겠지. 이 업계 이론으론."

문 사장은 케이의 눈을 쳐다봤다. 악신이 몸을 타고 옮기는 경우가 종종 있다. 케이에게 옮겨 간 것일 수도 있다고 생각해 문 사장은 말을 끊고 케이를 바라봤다. 문 사장의 눈빛에 케이가 먼저 말을 꺼냈다.

"누나가 뭘 의심하는지는 알겠어. 그런데 누나. 여전하네. 기운 못 느끼고 못 읽는 건. 난 시간이 꽤나 흘렀으니 좀 달라졌나 했었거든. 일반적으로 강한 영매 옆에 오래 있으면 평범한 사람도 같이 보게 된다던가, 영안이나 귀문이 영향을 받는다던가……. 사실 모든 사람이 갖고 있는 거잖아."

케이의 말에 문 사장이 쓴웃음을 지었다. 가장 아픈 곳이다. 사람들이 태어날 때부터 갖고 있는 것조차 문 사장에게는 없는 것이다. 알고 있었지만 다른 사람에게 지적당하는 것은 또 다른 아픔이다. 물을 한 모금 들이켰다. 물이 술도 아닌데 씁쓸했다.

"내가 사람이 아닌가 보지……."

문 사장이 분위기를 바꾸기 위해 나름 하하 웃으며 대답했다.

"… 맞아. 누나는 '빌어 태어난 아이'니까."

케이의 싸늘한 말투에 문 사장이 케이의 눈을 다시 마주쳤다. 뭐지 이 이질감. 문 사장이 다시 입꼬리를 올려 웃음을 짓고 입을 열었다. 눈은 이미 케이만큼 날카로웠다.

"너 뭐야? 제대로 말해. 너… 케이 맞아?"

"… 누나야말로 제대로 말해봐. 내가 누구로 보이는지."

팽팽한 분위기 속에 문 사장이 빠르게 주위를 살폈다. 어차피 자신에게는 신이나 귀가 살을 내리쳐도 소용이 없다. 그 확실한 증거가 이번 사당 일의 가장 큰 수확이었다.

케이가 갑자기 팔짱을 끼고 소파 등받이로 등을 대고 큭큭 웃기 시작했다. 아주 재밌다는 듯이 큭큭 거리다 급기야 크게 하하하 웃기 시작하는 케이를 보며 문 사장은 등 뒤로 소름이 끼치기 시작했다.

'저건 도대체…….'

케이가 웃음을 뚝 멈추더니 상체를 확 앞으로 숙여 문 사장의 얼굴을 올려다봤다. 이리저리 고개를 돌리는 모습이 마치 뱀이나 도마뱀 같은 파충류처럼 느껴졌다. 긴장한 문 사장을 우습다는 듯이 바라보다 다시 편안한 표정으로 바뀌며 입을 열었다.

"누나, 나 맞아. 누나가 어릴 때부터 알던 내가… 바로 나야."

"그게 무슨 말장난이야? 똑바로 말해."

"잘 들어 누나. 내가! 처음부터! 나였다고! 김순호가 나를 이용하던 게 아니고… 내가 김순호를 선택한 거야. 제물로."

문 사장은 어릴 때부터 영특했다. 지금도 다르지 않았다. 이해가 빨랐다. 저 말의 핵심은.

"네가 죽였구나. 김순호. 다 네가 짠 판이었어."

"누나도 도왔지. 영혼은 누나가, 육체는 내가. 두 가지를 다 제물로 써서 아주 큰 걸 얻었어."

케이가 또다시 큭큭 댔다.

"어차피 그 육체는 더 이상 쓸모가 없더라고. 역시 나이가 많아서인가? 요새 살 몇 번 대신 맞게 한 걸로 비실비실. 내 몸주신에게 홀린 것도 모르고 살아왔으니……. 자기 제사상 앞에서 칼춤 추는 것도 모르고. 크크 웃기지 않아? 자기 자신을 저주하는 거잖아. 죽을 때 울면서 살려달라고 하는데… 그냥 죽였어. 대체품도 찾았고."

그날 케이는 거품을 물고 경련을 일으키는 김순호의 고개를 옆이 아닌 위로 돌렸다. 기도 막힘에 의한 질식사. 김순호의 사인이었다.

"대체품?"

"응. 안심했어, 누나가 건강해 보여서. 그때 도망치게 한 게 다행이다 생각했어. 산도깨비가 옆에 붙을 줄은 예상 못 했지만."

'괜찮아, 괜찮아'라고 말하는 케이를 멍하게 쳐다봤다. 도망치게 해줬다고?

"그때 누나가 살맞이 제물로 쓰였다가 혹시 잘못될까 봐 도망치게 해준 거야. 내가. 이번에 사당에서 있었던 일로 확실해졌지. 누나를 살맞이 제물로 쓰면 죽지 않는 한 몇 번이나 사용할 수 있는 거잖아."

살맞이 재물? 사용? 화낼 기운조차 없었다. 몸 안의 모든 피가 아래로 쏠리는 느낌. 땅이 잡아당기는 느낌에 문 사장은 정신을 차리려고 이를 악물었다. 너무 가혹하다. 내 옆에는 사람이 없다. 요즘 화기애애한 분위기에 취해 깜박했었다. 난 귀들도 인간들도 신경 안 쓰는 존재였지. 문 사장은 자신의 처지가 서럽기도 하고 웃기기도 했다.

'나는 도대체… 정체가 뭐지?'

문 사장의 얼굴을 유심히 관찰하던 케이가 다정한 말투로 바뀌었다.

"누나, 지금도 혼자잖아. 다 알고 있어. 산도깨비까지 해방시키면 옆에 누가 남아 있을 것 같아? 애도 아니고……. 현실 파악 좀 해. 대신 내가 옆에 있으면 서로서로 좋잖아. 누나가 그때그때 역할만 해주면 나는 누나를 떠나거나 버리지 않아. 내가 죽기 전까지는… 아마도? 크크크."

웃으며 다시 바른 자세로 앉아 여전히 멍하게 자신을 쳐다보는 문 사장을 바라보았다.

"나는 누나가 죽을 때까지 같이 있을 수 있어. 어때? 아! 아님 돈? 돈도 지금보다 더 벌 수 있지. 누나도 알잖아."

"… 그래, 잘 알아들었다. 이만 간다."

일단 이곳에서 나가야 한다. 위험하다. 제물이 굳이 의식이 있을 필요는 없다. 살아만 있으면 되니까. 바로 코앞이 산도깨비 터지만 지금 문 사장에게는 백 리, 천 리의 거리만큼 아득히 느껴졌다. 다행히 케이는 문 사장을 잡을 생각이 없어 보였다. 뒤를 경계하며 문을 열자마자 계단을 뛰어 내려갔다. 곧바로 자신의 가게로 돌아온 문 사장이 문을 닫았다. 목뒤로 식은땀이 흘렀다.

"저 새끼……. 인간이 아니잖아."

18.

집에 간다고 나선 문 사장이 돌아와 의아해하던 산도깨비는 곧바로 한옥으로 들어온 문 사장의 낯빛을 보고 눈살을 찌푸렸다. 보통 일이 아니다.

"뭐냐? 무슨 일인 게야?"

문 사장은 산도깨비 앞에 털썩 주저앉았다. 자신이 알고 있는 제일 안전한 곳이 바로 이곳이다. 인정하긴 싫지만 문 사장은 솔직하게 인정했다.

"산 님, 너무 무서웠어요."

"… 말해봐라."

방금 순호당에서 있었던 일들을 다 듣고 산도깨비의 얼굴이 더욱 붉어졌다. 원래 붉은 얼굴에 표정 또한 심술궂지만 지금 모습은 문 사장도 처음 보는 얼굴이었다.

"내가 이래서 인간을 싫어하는 게다. 몹쓸 놈 같으니. 내 비록 저승 도깨비지만 그리하여 더욱더 생명의 귀중함을 안다. 그놈은 인간이지만 악귀다. 그리고 그 안에 있는 신이란 놈은 결국 악신이겠지."

산도깨비의 천둥 같은 목소리가 쩌렁쩌렁 울렸다.

"내가 여기 묶여 있으니 나를 우습게 보는구나. 감히!"

말을 마치자 쾅! 하고 번개가 마당으로 내리꽂혔다. 순호당을 향해 번개를 때리고 싶었으나 능력도 터에 한정되어 결국 코앞의 케이 대신 마당으로 번개가 꽂혔다. 분에 못 이긴 산도깨비를 문 사장이 진정시켰다.

"산 님, 진정하세요."

"문가야, 너 조심하거라. 불편하더라도 내 기운을 계속 두르고 있거라. 저런 악신은 밤낮이 없다. 어디든 길을 낼 수 있지. 제삿밥으로 된 신은 그래봤자 신 행세 하는 허주신이지만 사람 잡아먹은 신은 말 그대로 악신이다. 사당의 재물 귀와는 급이 다를 것이야. 조심하거라."

고개를 숙인 문 사장이 방석을 모아 일렬로 놓고는 그 위로 몸을 뉘었다. 너무 피곤하다. 너무 졸리다.

"그래, 여기가 제일 안전하지……. 잠이라도 좀 자거라."

산도깨비가 혀를 쯔쯔 차고는 한옥으로 흡수되듯 사라졌다. 이 터는 붉은 얼굴 산도깨비의 존재 자체다. 그러니 이곳이 제일 안전하다. 문 사장은 쏟아지는 잠을 이기지 못하고 잠이 들었다.

다음 날 아침. 평소처럼 준영이 제일 먼저 가게의 문을 열고 들어왔다. 카운터 뒤로 들어가 쪽문을 열고 능숙하게 마당을 지나 방으로 들어가기 위해 신발을 벗으려던 순간. 댓돌 위에 놓여있는 문 사장의 신발을 발견했다.

'사장님?'

준영이 미닫이문을 조용히 열자 방석을 깔고 자고 있는 문 사장의 모습이 보였다. 준영이 늘 아침 인사를 드리는 산도깨비는 보이지 않았다. 다시 조용히 문을 닫고 마당으로 나와 구석에 세워뒀던 빗자루를 들고 마당을 쓸기 시작했다. 'THE MOON'으로 출근 아닌 출근을 하며 성실하게 자신의 일을 찾아 해왔다. 시골에서 나고 자라 마당 관리하는 것쯤은 일도 아니었다. 시간이 좀 흐르고 소영 역시 착실하게 가게로 출근했다. 준영과 인사를 하고 산도깨비에게 인사를 드리려다, 준영에게 방안 사정을 듣고선 나란히 마당 정리를 함께했다. 한쪽 구석에 심은 작은 다년초 꽃에 물을 주는 것을 끝으로 두 사람은 가게로 들어가 마당으로 향하는 쪽문을 닫았다.

3층에서 아래를 내려다보던 케이가 들고 있던 커피를 내려놓고 벨이 울리는 핸드폰을 받았다.

"네, 회장님. 인터넷에 도배가 될 줄은 알았는데, 재밌네요. 기사 내용이……. 야당 의원 서넛 죽은 게 큰일은 큰일인가 봐요. 전 정치에는 관심이 없어서."

- 그래도 자네 덕분에 한꺼번에 잘 치워버렸네. 앞으로도 잘 부탁하네. 자네야말로 내 진정한 사업 파트너지! 하하하! 그리고 자네가 말했던 그 건은 장 비서가 알아서 해줄 걸세. 조만간 직접 만나세. 제사도 올려야 하지 않겠나.

"네, 감사합니다. 좋은 날 잡아 장 비서님 통해 연통하겠습니다. 먼저 들어가십시오."

때마침 문을 열고 들어오던 장 비서가 케이를 향해 고개를 살짝 숙이고 케이의 반대편에 앉았다. 장 비서가 준비해 온 서류를 받아 든 케이가 짧게 고맙다는 말을 하며 서류를 넘기기 시작했다. 그리고 인상을 찌푸렸다.

"누나 진짜 이름이……."

"네, 확인한 결과 맞습니다."

저주의 기본은 상대방의 이름, 사주이다. 현재 쓰는 이름, 호적 이름, 가명, 어릴 때 불리던 아명까지. 이름과 사주의 조합을 통해 얼마든지 개개인에게 맞게 만들어 낼 수 있기에… 저주나 양밥은 종류나 양이 한정되지 않는다. 양밥은 불특정 다수에게 영향을 주지만 저주는 특정인을 표적으로 하므로 케이는 저주를 좋아했다. 필요 없는데 힘을 쓰는 것은 낭비라고 생각하는 편이었다.

케이는 서류를 빠른 속도로 훑고는 장 비서에게 지시를 내렸다.

"한번 시도해보죠."

"네, 이미 진행 중입니다. 오늘 내로 아마 등기가 갈 겁니다."

"사기라고요?"

이게 말로만 듣던 부동산 사기?!

때는 오늘 점심 무렵. 눈 떠보니 한옥. 문 사장이 가게에 나오니 법원에서 서류가 와 있었다. 준영과 소영이 대리 사인을 하고 받았다는 법원등기에 문 사장은 고개를 갸우뚱했다. 뭐 올 것이 없는데 라며 내용물을 확인한 후 믿을 수 없다는 듯 눈이 커다래졌다.

"말도 안 돼."

당장 2년 전 계약을 했었던 부동산으로 전화를 걸었다. 없는 번호…….

"뭐야! 뭐지? 무슨 일이 이렇게 한 번에 터져."

박 신부의 소개로 같은 성당에 다니던 변호사를 소개받은 문 사장은 뉴스에서만 보던 부동산 사기를 자신이 당한 것을 알았다. 지금은 케이를 신경 쓸 여력이 없다. 문제는 THE MOON이 아닌 한옥. 즉 산도깨비 터였다. 가게는 문 사장 자신의 명의로 이루어진 정상적 계약이 맞지만 그 뒤의 한옥과 마당의 땅은 소유주가 따로 있었던 것이다. 즉 문 사장은 뒤의 한옥까지 함께 구매했다고 생각했지만, 사실 한옥은 주인이 있다는 뜻이었다. 문 사장이 가게와 한옥을 구매하려던 때 하필 소유주였던 할머니가 사망하고 권리가 아들에게 넘어갔다. 그리고 이 찰나를 이용해 부동산 중개인이 중간에서 사기를 치고 현재 잠수를 탄 것이었다. 현재 주인이 한옥을 비싼 가격에 제시받아 팔려고 준비하던 중 이제야 모든 사실을 알게 되었다고 한다. 귀신들린 집이라고 팔리지 않아 잊고 살던 폐가를 좋은 가격에 쳐준다니 마다할 수 없다고 했다. 그게 싫다면 그쪽이 제시한 만큼 준다면 문 사장에게 팔겠다고 전해왔다. 그러나 문 사장은 그 정도의 돈이 없었다. 일반적이지 않은 터

무니없는 금액이었다.

"해결책은 역시 돈······. 제일 간단하면서 제일 어려운 해결책이네······."

어떻게든 사태를 해결해야만 한다. 문 사장은 가게를 지나 문을 열고 한옥 마당으로 향했다.

"여기. 내 자리인데······. 난 왜 어디서든 쫓겨나는 걸까."

찬찬히 마당을 둘러보았다. 어느새인가 늘 깨끗한 마당. 소영이 키우는 꽃. 한옥에서 산도깨비님 막걸리를 마시며 그 옆에서 함께 놀던 복이까지.

'내가 가진 게 다 여기 있는데······.'

이번에는 왈칵 눈물이 났다. 문 사장은 잘 울지 않는다. 울어도 달래줄 사람이 없다는 건 스스로도 참 불쌍해 보였기 때문에 울지 않는 어른으로 자랐다. 테이블에 앉아 눈물을 꾹 참고 잠시 진정되기를 기다렸다.

'나만 망한다면 상관없어. 문제는 한옥. 저 한옥이 사라지면 도깨비 터가 사라지고 터에 묶여있는 산 님도 사라진다.'

그렇기에 그 오랜 세월 산도깨비가 이 터를 지키기 위해 인간들을 위협하며 흉가로 만들었던 것이다. 즉, 터 자체가 산도깨비 존재 자체인 것이다. 그러니 문 사장은 지켜야 했다. 손을 놓고 있을 수가 없다. 도대체 그 큰 돈을 왜 이런 작은 집에 투자를 하려고 하는 건지··· 부자들의 생각을 정말 모르겠다고 생각하는 문 사장이었다. 노트를 꺼내 일의 순서를 적기 시작했다.

1. 터가 사라지기 전 산 님을 해방시킴.
2. 재구매.
3. 집주인과 임대 계약.
4. 케이와 협상 및 계약.

케이의 이름을 적으며 케이가 이 정도 돈은 있을 거라고 확신했다. 자신이 살맞이 제물로 쓰이고 대신 이 한옥을 사달라고 말하면 분명히 계약이 성립될 것이다. 산 님이 사라지는 것을 보고 있을 수는 없다.

"내가 가진 게 전부 그곳에 있어."

이제 그곳은 산도깨비의 터만이 아니라 문 사장의 '집'이기도 했다. 하지만 현재 자신이 지켜야 하는 것은 ······.

얼마 후 문 사장의 호출로 소영과 준영이 오자 문 사장은 둘을 데리고 한옥으로 들어갔다. 이미 산도깨비가 상석에 앉아 있었고 셋은 그 앞으로 평소처럼 방석을 꺼내 편하게 자리 잡고 앉았다. 오늘은 웬일로 소영의 할머니도 방 안으로 들어오셨다. 여전히 산도깨비를 쳐다보는 눈빛이 곱지는 않았지만 미닫이문 가까이에 자리를 잡고 앉았다. 이러니 별생각 없던 준영과 소영마저 무거워진 분위기를 느낄 수 있었다. 문 사장이 어렵게 입을 열었다. 며칠 사이에 일어난 많은 일들이 각자에게 미치는 영향들에 대해 짧게 말했다. 그리고 케이에 대해서도 전부 털어놓았는데, 위험한 인물이니 모두 알고 조심하는 편이 좋다고 생각했다.

이야기를 다 듣고 방 안에 있던 사람, 도깨비, 신 등 할 것 없이 모두 놀라 할 말을 잃었다. 문 사장도 문 사장이지만 소영과 준영 역시 산도깨비의 해방이 그들의 목표를 달성할 수 있기 위한 기본 조건이었던 것이다. 그런데 이 터가 사라지면 산도깨비의 존재가 사라지고 다시 새로운 방법을 찾아야 한다. 그 길이 험난할 것이고 찾을 수 있는 것인지조차 의문이 든다. 지금 그들에게도 문 사장만큼 이 터를 지켜야 하는 이유가 생긴 것이다. 그러나 방법이 없다. 뒤에서 조용히 듣고 있던 할머니가 문 사장에게 한 마디를 했다.

결국 네가 문제구나. 너 같은 존재를 여럿 봐왔지만. 너는 전생에 지은 죄가 너무 커 주위까지 네 업보를 짊어지는 것이야. 너 같은 것이랑 내 귀한 자손이……

더 모진 말을 하기 전에 막아야 한다. 당황한 소영이 얼른 뒤를 돌아 할머니 하고 외치려던 순간. 끼익 하는 소리가 들렸다. 이 방안에 있는 사람들에게 익숙한 소리. 쪽문이 열릴 때의 삐걱거림. 문이 열리고 타박타박 발소리가 마당을 지나 한옥으로 오고 있다. 카운터 뒤에 보이는 이 문을 열고 들어올 사람이 몇이나 될까? 이 방 안의 세 사람을 제외하고. 문 사장이 바깥으로 나가기 위해 벌떡 일어선 순간 사람들이 사용하는 미닫이문이 아닌 옆의 커다란 여닫이문이 벌컥 열렸다.

"이 건방진 놈이……. 감히……."

사실 한옥의 미닫이문과 여닫이문은 문 사장이 2년 전 가게를 만들 때 함께 손본 것이다. 터의 주인인 산도깨비에게 존중과 존경의 표시. 주인은 그에 걸맞게 당당하게 열고 드나드는 여닫이문을, 옆의 고개를 숙여 들어가야만 하는 작은 미닫이문은 문 사장 자신을 포함한 다른 인간들이 고개를 자연히 숙임으로써 예의를 갖추게 만든 것이었다. 그런데 눈앞의 케이가 산도깨비만이 이용할 수 있는 여닫이문을 열고 들어온 것이다. 분노한 문 사장과 눈이 마주친 케이가 방 안쪽에 앉아 있던 존재들을 한 명 한 명 쳐다본 후 밝은 목소리로 말하기 시작했다.

"안녕하세요. 처음 뵙겠습니다. 제 이름은 아실 필요 없고, 전 케이라고 합니다."

무례한 말투 표정 행동에 평소 같으면 불 같이 화를 내며 번개를 때릴 산도깨비였지만 이번은 달랐다. 저 뜻은.

몸에 더러운 악신이 씌어 왔군.

문 사장 머릿속의 말을 할머니가 대신 했다. '더럽다 더러워'라고 읊조린 후 할머니의 모습이 사라졌다. 케이는 사람들의 반응에 아랑곳하지 않고 산도깨비와 눈을 마주친 채 웃으며 그 자리에 앉았다. 소영과 준영이 문 사장에게 안전부절한 눈빛을 보냈다. 문 사장이 너희는 나가도 좋다는 눈짓을 하자 뒤통수에 눈이 달렸는지 케이가 말했다.

"두 분도 함께 들어야 하니까 그대로 계시죠. 누나도 앉아."

문 사장이 케이를 노려보며 다시 자리로 돌아와 앉았다. 케이가 산도깨비의 눈빛에 주눅 들지 않고 받아치는 모습에 문 사장은 소름이 끼쳤다.

'악신이다.'

인간이 어찌해볼 수 있는 상대가 아니다.

"자, 시간 끌 것 없이 단도직입적으로 말하겠습니다. 제가 다 해결할 수 있습니다. 누나도, 산도깨비님도, 그리고 여러분들 일들까지."

"네가 뭘 알고 건방지게 까불어?"

문 사장의 사나운 말투를 무시하고 케이가 말을 이었다.

"누나가 필요한 돈. 내가 지금 당장이라도 줄 수 있어. 그리고 이소영 씨, 이준영 씨 영안도 제가 지금 당장 닫을 수 있습니다. 물론 귀문도. 소영 씨에게 내려온 저 귀찮은 노인네, 평생 못 보게 해줄 수도 있어요."

소영은 순간 자신이 모욕을 당하는 것처럼 느껴졌다. 신내림은 싫었지만 할머니가 싫은 것은 아니다! 한마디 하려는 소영에 앞서 준영이 큰 소리로 따졌다.

"너무 무례하시네요! 따지고 보면 당신 신엄마라는 작자가 소영이 영안을 다 열어놔서 그런 것 아닙니까! 듣자 듣자 하니!!"

"준영아, 너흰 가만히 있어. 말 섞지 마."

문 사장과 준영이 무슨 말을 하든지 신경 쓰지 않고 케이는 산도깨비에게 할 말을 했다.

"저승에서 오신 산도깨비님. 난 사실 당신을 살려두고 싶진 않아요. 누나가 돌아갈 곳이 없어져야 고분고분 말을 들을 테니까. 지금도 그래요. 말을 안 들으니까. 귀찮게 이런 일까지 해야 하잖아요. 내가!"

마지막 '내가'라는 말에 힘을 준다. 존칭어는 그렇다 쳐도 태도가 산도깨비의 심기를 거슬리고 있었다.

쾅!

한옥으로 번개가 내리꽂혔다. 정확히는 케이를 향해 꽂혔다, 눈앞에서 벌어진 자연현상에 소영과 준영은 물론 문 사장까지 놀라 뒤로 넘어졌다. 한옥의 지붕에 구멍이 뚫렸다.

'이게 산 님의 능력.'

준영과 소영은 평소 말로만 듣던 '번개 맞을 것들'이란 말의 뜻을 알았다. 실제로 본 건 처음이었다. 진짜 번개가 칠 줄은······.

세 사람이 주섬주섬 일어나 케이를 쳐다봤다. 그러나 케이는 그들의 예상과는 다르게 아무 일이 없었다는 듯 산도깨비를 주시하고 있었다. 그들만의 세계였다. 인간은 끼어들 수 없다는 것을 모두 느꼈다. 케이가 한숨을 한번 쉬고는 다시 산도깨비를 쳐다봤다. 그의 살짝 짜증이 난다는 표정에 문 사장은 오히려 산도깨비의 눈치를 봤다.

'산 님이 화가 나시면 더 큰 일이야.'

이곳은 산도깨비 터. 한옥 한정이지만 산도깨비의 능력이 100% 나올 수 있는 곳이다. 문 사장과 케이만 있으면 어찌어찌 되겠지만 소영과 준영은 위험하다. 문 사장이 산도깨비에게 말하려던 순간 케이가 더 빨랐다.

"산도깨비님. 예의를 갖춰 주시죠. 지금 전 몸주신을 싣고 있습니다. 즉, 당신과 동급이라는 거죠."

"내 식대로 인사를 한 거다. 고얀 것. 그래 네가 어떻게 나를 해방시킬 수 있는지 들어보자. 납득시켜야 할 것이야. 저승으로 끌려가고 싶지 않으면."

"훗, 네. 산신, 서낭신까지도 필요 없습니다. 힘 대 힘. 애초에 당신이 두 신의 힘에 못 이겨 여기 묶여있는 것이니 더 큰 힘으로 떼어버리면 되는 거죠. 이 터에서 당신을 이렇게……."

케이가 손바닥을 붙였다가 천천히 떼며 웃었다.

"생각해 보면 간단한 일입니다. 안 그래요? 당신 주변에 그만큼 센 신이 없을 뿐 인거죠. 있어도 벌 받고 있는 당신을 돕지도 않을 테고요."

 맞는 말이다. 산도깨비가 이미 예전에 시도했던 방법이었다. 어렵게 닿은 노만신을 통해서 신들에게 부탁했지만 모두 거부했었다. 위쪽 신들은 냉정하다. 자신 외에는 신경 쓰지 않는다, 하물며 두 신이 함께 합을 맞춘다? 말도 안 되는 일이다. 그 말도 안 되는 일을 해놓고 서낭신과 산신이 사라진 것이다.

 "그런 힘이 있다고? 너 까짓 게? 웃기는군. 그런 건 본 적이 없다. 아무리 악신이라도 힘의 흐름도 읽지 못하는 게냐? 건방이 하늘을 찌르는구나."

 케이가 쓴웃음을 지으며 다시 한 번 한숨을 크게 쉬었다. 그 건방짐이 또 산도깨비와 문 사장의 심기를 건드렸다.

 "이래서야……. 직접 보여줄 수도 없고. 아! 누나! 봤지? 사당 갔을 때 그 악귀."

 "뭐?"

 산도깨비와도 대화했던 주제. 검은 구멍으로 빨려 들어가던 악귀. '그게 왜?'라는 눈빛으로 산도깨비를 쳐다봤다. 여전히 산도깨비도 모르는지 문 사장과 눈을 마주치자 고개를 저었다. 케이가 둘의 눈빛 교환을 보더니 재차 말을 이었다.

 "그 악귀. 내 몸주신이 잡아먹은 거야. 누나도 보지 않았어? 크게 입 벌리고 잡아먹었을 텐데?"

"… 그 큰 구멍이… 입?"

"맞아. 역시 다 봤네. 그런 힘 있는 것들을 악귀든 영가든 가리지 않고 잡아먹거든. 내 몸주신은. 아주 오랜 세월 동안."

"그럼 김순호도 잡아먹은 거구나. 그 자리에서. 다 써먹고."

케이가 "잘 아네."라고 하며 고개를 끄덕거렸다.

"그러니 힘이 꽤나 있다는 거예요. 저승의 도깨비 신장을 해방할 수 있을 정도로. 하하. 좀 웃기죠? 벼락도 내리는 존재인데… 한낱 인간의 소유물에 묶여 사라질 수도 있다는 것이. 뭐, 세상이 이렇게 바뀔 줄 몰랐겠지만. 옛날과 달라요. 요즘 이승에서는 돈이 있으면 신도 죽일 수 있거든요."

문 사장 자신도 자주 하던 말이다. 그런데 케이의 입으로 듣자 민망하다 못해 저속해 보였다.

'산 님도 날 저렇게 보셨을까…….'

문 사장이 입맛이 씁쓸했다.

"결국 지금 이곳은… 신들의 세상이 아닌 인간들의 세상이라는 거죠."

케이는 마지막 한마디를 비수처럼 날리며 재밌다는 듯이 웃었다.

산도깨비의 얼굴이 더욱더 붉어졌다. 화가 머리끝까지 났지만 겨우 참고 있는 것이 모두의 눈에 보였다. 하지만 오랜 세월을 살아온 산도깨비는 이 무례한 인간 남자에게 휘둘릴 정도로 어리석지 않았다.

"그래 인간들의 세상이지. 이런 세상이니 너 같은 악신이 활개 치는 것이고. 그것 아느냐. 요즘 짐승 같은 인간들이 들끓는다지? 왜인 줄 아느냐? 너희가 없애버린 수많은 생명과 자연들. 그것들에게 깃들어 정화되어야 할 온갖 영들이, 갈 곳을 잃어 인간 너희에게 덕지덕지 들러붙어 쌓이고 쌓이는 것이다. 그러니 제정신인 인간들이 얼마나 되겠느냐. 딱 봐도 너 역시 그런 종류구나. 악신? 신이란 말을 함부로 붙이지 말거라. 더럽다."

순간 케이의 얼굴이 하얗게 변했다. 뭐가 그리 분한지 산도깨비의 호령에 주먹까지 쥐고 부들부들 떨기 시작했다. 문 사장이 그런 케이의 상태를 빠르게 눈으로 훑었다

'몸주신이 열 받았네. 겨우 저 한마디로? 산 님 말씀처럼 신의 영역이 아닌 존재가 신 행세를 하려는… 허주잡귀가 변해서? 강한 귀와 영가를 잡아먹는다고 하니 일반적인 신의 모습은 아니지.'

아무리 허주라도 신처럼 말하고 능력을 보인다. 그러니 '허주신'이라고 배웠다.

능글능글 웃던 케이가 무표정하게 마지막 한마디를 뱉었다.

"대화가 다른 쪽으로 빠지네요. 누나. 누나만 내 쪽으로 오면 다 해결되는 문제야. 앞으로 제물 쓸 일이 얼마나 많은데.

빠른 결정해. 참, 집주인이 말했지? 삼일 안에 해결하라고. 장비서가 일은 참 잘해. 회장님께 고마워해야겠어. 하하. 삼 일. 삼 일 안에 여기 모두에게 지옥을 보여줄지 평범한 삶을 살게 해줄지… 산도깨비를 죽일지 살릴지. 선택하라고."

케이가 나간 후 산도깨비는 곧바로 사라졌다. 아무리 몸주신이 씌어 말했다고는 하지만 인간에게 이런 굴욕은 처음이었다. 산도깨비가 모습을 감추자 곧바로 소영의 할머니가 모습을 드러냈다. 문 사장은 잠시 생각을 하더니 구멍 뚫린 지붕을 쳐다봤다. 여름 하늘이 시퍼렇다, 고개를 내리고 몸을 일으키며 소영과 준영을 데리고 가게로 돌아왔다.

테이블에 두 사람을 앉히고 문 사장이 조용히 일어나 커피를 내리기 시작했다. 웬일인지 할머니마저 아무 말 하지 않았다. 시원한 에어컨 아래에 있지만 생각할수록 문 사장의 머리에 열이 올랐다. 커피를 각자의 앞에 내려놓고 문 사장이 자신의 자리에 앉았다. 누구 한 사람 입을 열지 않고 각자 케이의 말을 곱씹고 있었다. 분명 케이가 소영이나 준영의 고민을 한 번에 해결해 줄 수 있다. 그러나 그 대가는 문 사장이 제물이 되어야 한다는 것. 다들 조용한 가운데 문 사장이 준영과 소영을 먼저 돌려보냈다. 걱정하는 두 사람에게,

"어차피 나만 마음먹으면 되니까 너희는 걱정 마. 너희가 걱

정할 문제 아니니 집에 가서 저녁 잘 챙겨 먹어! 난 너희보다 어른이니 걱정 말고. 자, 얼른 가! 데이트나 하든지!"

 다들 돌아가 조용한 가운데 문 사장 핸드폰의 메시지 도착음이 울렸다.
 – 문 사장님, 방금 저쪽에서 가격을 더 올려준다고 연락이 왔습니다. 그래도 그곳에 지금 살고 있는 분이고 젊은 사람이 사기까지 당한 걸 아니까 이쪽 편의를 먼저 봐주고 싶으니 얼른 결정해 주세요. 저도 지금 큰돈 손해보고 봐드리는 겁니다.
 집주인의 메시지를 확인 후 문 사장이 테이블 위로 엎드렸다.
 "케이, 케이 뒤에 있는 회장이라는 사람. 사채업자인가? 뭐가 이렇게 돈이 많아……. 도대체 케이가 무엇을 해주고 있었던 거지? 분명 장 비서라고……. 어릴 때 봤던 그 장 비서란 사람인가?"
 그냥 케이의 말대로 할까? 그러면 필요할 때 쓰이고 다시 이곳으로 돌아와 지금처럼 지내고… 그러다 또 불려가 살 맞고. 사실 살을 맞는 건 아무렇지 않았다. 사당 안에서도 정말 놀라울 정도로 아무렇지 않아 앞에서 봉산탈춤 추는 악귀한테 미안할 정도였다. 그러니 자신의 특이체질을 살려 케이한테 붙으면… 말도 안 된다. 문 사장이 엎드려 쓰게 웃었다.

'살맞이 제물이 된 나에게 맞을 수 있는 양만큼 살을 보내면 거의 무한대겠지. 진짜 안 죽는지는 아직 모르지만. 그렇게 이론대로 된다면 도대체 어떤 엄청난 나쁜 짓을 할 수 있게 된다는 거지?'

"빌어먹을 새끼."
나직이 읊조리는 문 사장이었다.

문 사장에게 등 떠밀려 가게에서 나온 소영과 준영은 갑작스런 할머니의 요구에 함께 소영의 집으로 향했다. 집에 도착하자마자 할머니는 대뜸 큰소리로,
그 더러운 놈. 감히 신도 아닌 것이 신 행세를 하고 다녀! 그런 놈은 우리도 손을 뗀다. 소영이 너는 상관 말고 그 빌어 태어난 것이 알아서 하도록 내버려둬라.
준영과 나란히 소파에 앉아 할머니의 말을 듣고 있던 소영이 발끈했다.
"그게 무슨 말씀이세요! 그럼 사장님 혼자 다 떠안게 두라고요?"
어차피 네가 할 수 있는 일도 없지 않느냐. 게다가 그놈. 신 행세를 할 정도면 얼마나 오랜 세월 많은 먹이를 찾아 돌아다녔는지 가늠도 안 된다. 너도 나도 여차하면 잡아먹히는 수가 있단 말이다!

할머니는 그 때 잡아먹힐 수도 있다는 것을 진작 알아차려서 숨었다고 솔직히 말했다. 늘 고고하던 할머니가 약한 말을 하는 것은 처음이었다.

저런 건 건들지 말거라. 피해. 결국 그 녀석만 그리 가면 다 해결되는 게 아니냐.

그 녀석. 문 사장. 준영은 큰 신이라면서 저렇게 매정하다니라고 느끼며 할머니가 얄미워 보였다.

"소영아, 너도 할머니처럼 생각하는 건 아니지? 이게 무슨 노예계약도 아니고!"

준영의 말에 잠시 생각을 하던 소영이 어렵게 입을 열었다.

"나도 아는데… 나 정말 신내림 받기 싫어. 평범하게 살고 싶어. 준영이 너는 시간이 좀 걸려도 닿을 수 있는 분들이 있다니까 내 마음 몰라. 나는 이것 말고는 방법이 없어. 이기적인 생각인 건 아는데……."

"너도 할머니랑 같은 생각인 거야?"

"나도 잘 모르겠어. 넌 끔찍한 형상으로는 안 보이잖아. 영안이 완전한 나는 할머니가 가려주시지 않으면 집 밖에도 못 나가! 얼마나 무섭고 끔찍한 형상들이 많은 줄 알아? 난 이렇게 살기 싫어!"

결국 이러다 우리끼리 싸우겠다며 준영이 소영의 집을 나섰다.

소영아 잘 생각해 보렴. 네가 나를 받아들이면 나는 두 신을 부를 거고 너희와 함께 산도깨비를 풀어달라고 부탁할 것이야. 시간이 없단다. 잘 생각하거라. 네가 나를 받아들이면 산도깨비와 문가, 그리고 네 친구까지 구할 수 있는 게야. 저깟 집, 터 신경 쓸 이유가 없어지는 게다.

그날 밤 모두는 잠을 이루지 못했다.

19.

저승의 도깨비 신장. 눈을 떠보니 도깨비였고 맡은 역할을 해왔다. 차사들이 잡을 수 없을 정도의 영가나 악귀를 잡아들이는 일. 천기누설로 인간세상을 어지럽히던 아이를 잡아오라는 명령으로 이승으로 내려왔다. 그러나 실패. 게다가 인간세상이 놀기 좋아하는 도깨비 천성에 맞았던 것일까? 이승에서의 놀이가 재밌고 신처럼 받들어 주니 제 분수도 모르고 까불고 날뛰다 악신의 길에 들어서기 전 서낭신과 산신에 의해 터에 묶이게 되었다. 그렇게 오랜 세월을 지내다 보니 가장 근본적인 문제. 천기누설을 하고 다니던 아이. 그 아이를 잡아야 했었다는 사실조차 잊고 지냈다. 그런데… 환생을 한 그 아이가 제 발로 도깨비 터로 걸어 들어왔다. 물론 처음에는 못 알아 봤지만. 처음에는 이 아이를 죽여 원래의 목적을 달성해 저승문을 열고 이 좁아터진 터에서 벗어날까 했지만… 화경으로 본 그 아이의 일생이 참으로 기구했다. 조금만 더… 이승에서의 시간을 주자. 어차피 갈 곳 없는 '빌어 태어난 아이'이니.

산도깨비가 과거를 회상하며 홀로 앉아 막걸리를 붓고 있을 때, 방 안 한구석으로 조용히 저승차사 하나가 모습을 보였다. 그리고 그 옆구리에는 달랑달랑······.

"복이 아니냐!!"

다음 날. 복이가 돌아왔다는 소식에 모두 한자리에 모였다.
"복아! 저승 갔다 돌아온 강아지는 너밖에 없을 거야!"
"이 와중에 그나마 기쁜 소식이네. 어떻게 된 거니?"
"말도 없이 그렇게 가버려서 얼마나 걱정했는데!"
모두가 복이에게 한마디씩 건네자 복이가 헤헤 웃었다. 그리고 자신의 오른쪽 눈을 가리키며 말했다.
"천리안. 빌려왔어요. 삼목대왕님 졸라서."
다들 침묵. 이번에는 산도깨비마저 할 말을 잃었다.
"옛날에 삼목대왕님이 벌을 받아 개가 되어 이승에서 지냈던 때가 있었대요. 그래서 같은 개니까 좀 도와달라고 했어요."

그걸 또 들어주는 옛 직장 상사의 변덕에 산도깨비는 허탈함을 느꼈다.

"저승 보물고에 있어야 할 천리안이 어떻게 이승으로 올 수 있는 게냐?"

복이가 해맑게 웃으며 대답했다.

"제 오른쪽 눈이랑 바꿨어요. 거래는 '주고받기'가 원칙이라고 했어요. 대신 단 한 번만 사용할 수 있다고. 과거, 현재, 미래 중 원하는 것 하나를 보여준대요."

복이의 오른쪽 눈과 바꾼 천리안. 거기 있던 모두는 모두 말을 잃었다. 소영이 울먹거렸다.

"제가 그날 돕겠다고 확실히 말했으면 복이가 눈을 잃는 일은 없었을 텐데……."

"아니야. 그날 괜히 너에게 시비 건 내가 원흉이지……."

복이가 간식을 먹으며 할 말을 다 했다는 듯 웃었다.

"사장님 필요할 때 말하세요."

숙연한 분위기 속에서 산도깨비가 복이를 쓰다듬었다.

"그런데 과거, 현재, 미래? 제가 상상한 천리안의 효과와는 다른데요?"

준영의 물음에 산도깨비가 대답했다.

"저승의 천리안은 볼 수 있는 것이 아주 많지. 전생까지도 볼 수 있거든. 저승의 대왕들이 벌을 줄 때 주로 사용한다고 들었다. 난 실제로 본 적은 처음이고."

문 사장이 복이를 안아 무릎에 올리고는 눈을 뚫어져라 보며 꼭 안았다. 요 작은 녀석이 나를 돕겠다고 저승까지 다녀왔다니.

그 모습을 바라보던 산도깨비가 조금 망설이다 문 사장을 향해 말했다.

"문가야. 너 왜 이렇게 삶이 고된 줄 아느냐. 너의 업보 때문이다. 나도 사실 너 때문에 이승으로 내려온 것이고. 한 번 볼 테냐? 너의 전생을."

"아니에요! 산신과 서낭신의 행방을 보여 달라고 할 거예요! 제 전생 따위 볼 시간이 없어요!"

그 순간 울먹이던 소영이 결심을 한 듯 등 뒤의 할머니를 한 번 보고는 문 사장과 산도깨비에게 말했다.

"산신과 서낭신은 예상한 대로 위로 함께 올라 가셨어요! 할머니가 제가 제자가 되어 부르면 내려와 주신다고⋯ 다 알고 있었는데⋯ 죄송해요."

소영의 말에 산도깨비가 다정히 말했다.

"괜찮다. 어느 정도 예상은 했었다. 너도 네 살 길을 찾고 싶었던 게지."

준영이 가만히 생각하다 문 사장에게 말했다.

"사장님! 산 님 말씀처럼 전생을 보는 건 어떨까요? 혹시 저 악신의 과거나 약점이 얽혀 있을지도 모르잖아요."

 준영의 말을 듣던 문 사장이 산도깨비를 쳐다봤다. 듣고 보니 그럴듯했다. 산 님이 그냥 하는 말은 아닐 것이다. 도대체 전생에 뭔 짓을 했기에! 전생의 나에게 화가 나는 현세의 문 사장이었다. 혹시 업보를 끊고 해결책을 찾을지도.

 "복아, 그럼 부탁할게."

* * *

 어린아이다. 그래. 이건 전생의 나. 나는 대대로 강한 영매를 배출하는 집안에서 태어났다. 영매로 사람들의 길흉화복을 점쳐주며 살다 결국 분수에 맞지 않게 천기를 누설하는 죄를 저질렀다. 국운이 다하고 사람들이 죽어가는 것이 보이는데 어찌 가만히 있을 수 있겠는가. 결국 위에서는 나를 마지막으로 집안의 핏줄을 끊어버리고 아래에서는 중죄인을 잡아가는 도깨비 신장이 올라왔다. 그러나 모든 것의 앞날까지 보는 나였기에 하늘 아래에서, 땅 위에서 숨을 수 있었다. 생의 마지막에 생에 대한 욕심이 생겼다. 나는 사람들을 구했는데 왜 벌을 받아야 하는가. 억울했다. 결국 욕심대로 살다 죽었지만 갈 곳이 없었다. 이승을 떠돌고 떠돌았다. 오랜 시간이 흘러 내 잘못을 잊고 악귀가 되려던 때, 아이 하나를 점지해 달라는 아주 간절하게 빌고 비는 여자를 봤다. 빌어 태어난 아이. 삼신할미가 점지하지 않고 오로지 정성으로 태어난 아이. 저 아이라면 내가 들어갈 수 있겠다. 새로운 몸으로 들어가기 위해 필요했던 것은 영력과 신력. 그렇게 빌어 태어난 아이 속으로 들어가 다시 환생을 한다. 그리고 영력과 신력을 인간의 삶을 살 때 사용하지 못하게 봉해 둔다. 죽은 뒤 다시 기억을 찾고 그 두 가지를 이용해 환생. 이승에 남겨둔 것도 없는데 생에 집착한다. 그 짓을 반복, 또 반복.

복이의 오른쪽 눈이 하얗게 변했다. 문 사장이 눈을 떴다. 이거였구나, 이승에서도 저승에서도 갈 곳이 없던 이유가. 그리고······.

"저 잡으러 먼 길 오셨네요."

산도깨비가 쓴웃음을 지었다. 그때 아이를 놓쳐버린 저승 도깨비 신장.

"그래. 처음에는 긴가민가했지. 두 번째에 확신했지. 빌어 태어난 아이는 여럿이 있을 수 있지만 너 같은 아이는 드물지."

"절 잡으면 저승 문을 열 수 있으셨을 텐데······."

마지막 말에 산도깨비는 대답하지 않았다.

"이제 다 알겠어요. 이게 바로 벌이었네요. 천기누설의 벌을 이렇게 허무한 인생을 반복하는 것으로 받고 있던 거였어요."

그 정도도 벌이라고! 너 하나 때문에 바뀐 운명들이 몇인데!

갑자기 나타난 할머니의 커다란 호통에 그 자리에 있던 인간 셋이 귀를 막았다. 잠시 후 문 사장이 산도깨비에게 말했다.

"간단하네요. 산 님만 해방되면 다 해결되는 거잖아요. 방법은 지금 세 가지. 한 가지는 소영이를 통해 산신과 서낭신을 불려오는 것. 그러나 그 분들이 곧바로 들어주신다는 보장이 없어요. 원래는 굿을 해도 신이 제대로 내려올까 말까인데……. 시간이 촉박해요. 두 번째는 돈으로 해결. 하지만 이건 지금도 앞으로도 못 구할 정도에요. 이 돈이면 빌딩을 살 수 있는 돈이에요. 첫해에 번 돈을 이 집이랑 가게 사려고 다 써서……. 그리고 세 번째……."

문 사장이 조금 뜸을 들이다 말했다.

"절 잡고 저승 문을 여세요. 그러면 제약 없이 해방되시고 그 능력으로 소영이, 준영이도 해결해 주실 수 있으세요. 제일 빠른 방법이고요. 그리고 그 악신놈! 잡아서 소멸시켜 주세요! 해방된 산 님은 가능하시죠. 전 준비 됐습니다."

이번엔 산도깨비의 호통이 이어졌다.

"너는 뭐가 그렇게 결정이 빠른 게냐! 이렇게 잡힐 거면 그때 잡혔으면 얼마나 좋았겠느냐!"

20.

"뭐야? 누나, 결정했어? 알았어."

케이는 오늘 김 회장의 부탁으로 김 회장 지인의 의뢰를 받기 위해 한 호텔에 나와 있었다. 일명 큰 손님으로 부르는 김 회장의 일 위주로 맡고 있지만 가끔 지인의 의뢰를 받기도 한다. 종류는 점사든, 저주든 가리지 않았다. 그들은 돈만 쥐여주면 케이가 자신들의 요구에 응했기 때문에 자신들을 그의 고용주쯤으로 생각을 하고 있는 듯했다. 그러나 케이는 생각이 달랐다. 문 사장을 집에서 내보낸 후부터 김순호를 이용해 그들 모두의 머리 위에 섰다. 자신이 시키는 일을 곧이곧대로 하면서… 어떤 때는 일부러 하지 않아도 되는 일들을 시키기도 했다. 예를 들면 아침마다 몸을 정갈히 하기 위해 새벽마다 일어나 식초를 마셔라. 나이 든 노인네들의 위에 구멍이 나기 직전에 멈춘 적이 있다. 사실 케이에게 돈은 재미나게 논 후 따라오는 부수적인 산물이었다. 재미. 케이가 제일 좋아하는, 악신이 제일 좋아하는. 그래서 둘의 합이 잘 맞았다. 찢어발기고 구경하고. 그 재미에 큰 제물 역할을 해줄… 죽지 않는 살맞이.

"누나 일이 먼저지. 순호당으로 와."

통화를 끝낸 후 케이가 발걸음을 돌려 호텔을 나섰다. 의뢰인이 이 호텔 회장이라고 했던가? 밖으로 나와 호텔 상층부를 쳐다봤다.

"이쪽이 먼저지. 내 누나잖아, 하하하."

케이가 앞 건물 계단을 올라가는 것을 보고 문 사장이 곧바로 가게에서 나와 그의 뒤를 따라 순호당으로 향했다. 케이가 계단을 올라오는 소리에 잠시 멈춰 문 사장을 기다렸다.

"누나, 고마워. 누나는 나랑 같은 생각일 줄 알았어."

"그게 네 생각인지 네 몸주신 생각인지. 잘 생각해. 너 벌써 먹혔어."

"그게 나라니까."

"그래. 너 악마 새끼인 거 잘 알겠다고."

케이가 문을 닫으며 재밌다는 듯이 큭큭 웃었다. 먼저 순호당 내부로 들어온 문 사장은 빠르게 눈을 굴렸다. 저 정도 힘을 쓰는 몸주신은 제자의 몸을 굉장히 상하게 한다. 게다가 악신. 케이와의 합과는 별개로, 케이가 지금까지 살아있다. 그 뜻은 이 악신은 평소 특정 물건에 붙어, 한마디로 신체(神體)에 깃들어 있을 가능성이 컸다.

'신체를 찾아 없애자.'

간단하지만 제일 어려운 일. 일단 찾아 산도깨비 터에 들여놓으면 번개가 내리친다. 그리고 터에는 지기라는 것이 있다.

아무리 악신이라도 제자의 몸 없이는 터 주인에게 밀린다. 이 방법을 찾을 수 있던 것은 어이없게도 케이의 오만함 때문이었다. 이곳은 금줄이나 부적 등이 없다. 심지어 문도 잠그질 않는다. 그 말인즉, 누구든 볼 수 있게 열려있는 공간이라는 것이다. 누구든 드나들 수 있다. 그런 것쯤은 신경도 안 쓰는 케이의 오만함. 아주… 나이스다.

한옥 안에서도 준비가 이루어지고 있었다. 두어 시간 전 소영과 준영이 미리 순호당에 들어갔었는데 악신이 없는지 신체의 기운을 느낄 수가 없었다. 준영이 찍은 순호당 안의 사진을 보며 소영이 할머니에게 말했다.

"할머니, 눈을 풀어주세요."

김순호에 의해 완전히 열렸던 영안과 귀문이 열렸다. 소영이 사진을 뚫어지게 바라보았다. 사진으로도 볼 수 있다. 할머니가 눈을 가려주기 전 스티커 사진기 앞을 지나다 사진들 안에서 귀들이 붙어 움직이는 것을 본 적이 있는 소영의 의견이었다. 소영의 눈이 여러 장의 사진 속 몇몇의 물건들을 포착했다. 이 중에 가장 기운이 강한 것. 눈에 가장 띄는 것. 없었다가 생긴 것!

"찾았다!"

마당에 있던 복이가 반대편 순호당을 향해 크게 외쳤다.

"신당! 그림 아래! 빗!!"

쩌렁쩌렁 복이의 목소리가 울렸다. 미리 순호당 안쪽 신당 입구에 자리 잡고 있던 문 사장이 신당으로 뛰었다. 그림은 단 하나. 처음 보는 종류의 탱화. 그 밑의 기름기가 좔좔 흐르는 검정 참빗!

빗을 손에 잡자마자 당황해 뛰어 들어온 케이를 밀치고 바깥으로 향하는 창문으로 집어 던졌다. 아래에서 대기 중이던 준영이 산도깨비의 기운이 묻은 보자기로 빗을 감싸 들고 가게를 지나 한옥의 마당으로 들어섰다.

"안 돼!!!"

케이가 창문에서 거의 떨어질 듯 몸을 내밀고 한옥 마당을 보며 소리를 질렀다. 그 순간 한옥 마당으로 번개가 쳤다. 쾅! 첫 번개를 맞자 빗에서 뭉글뭉글 검은 형상이 나타나더니 사람의 형상으로 변했다. 알록달록 무복을 입은 무당 형상이었지만 구멍 뚫린 듯한 눈과 입 안이 새까매 끝이 안 보였다. 쾅! 두 번째 번개가 쳤다. 그 얼굴이 웃는 형상으로 바뀌기 시작했다. 턱이 가슴께까지 늘어져 검은 입이 더욱 커져 괴기한 형상이 되었다. 그러나 그곳에 있던 모두는 확실히 느꼈다.

웃고 있다.

갑자기 검은 입으로 소리를 내기 시작했다. 마치 굿판에 와 있는 듯 꽹과리, 징, 장구 등 귀가 찢어질 듯한 소리. 한 개의 입에서 여러 가지 악기 소리를 내며 무복 입은 그것이 엄청난 속도로 제자리에서 뛰기 시작했다. 쾅! 세 번째 번개가 치자 온몸에 도자기 깨지듯 균열이 일어났다. 역겨운 냄새를 풍기며 검은 물질이 균열 사이로 흘러 넘쳤다. 쾅! 재차 마지막 네 번째 번개가 내리치자 퍽 소리가 나면서 검은 형상이 터져나갔다. 괴성과 함께 빗에서 검은 형상이 연기처럼 뭉쳐 나오자 연달아 번개가 내리쳤다. 검은 연기가 사라질 때까지 번개는 계속 되었다.

"크크, 이게 마른하늘에 날벼락이란 거다. 새끼야! 너! 매일 여기서 우리 내려다보며 무슨 생각을 했는지 모르지만, 너랑 네 몸주신 수준이 겨우 이건 거야! 신 행세 하더니 '새우니'였어!"

무당이 부리는 새타니가 그 무당을 잡아먹고 악귀가 되는 것을 새우니라고 하는데 문 사장도 직접 보는 것은 처음이었다. 새우니가 잡아먹은 것들의 수가 가늠조차 되지 않았다.

케이의 얼굴이 더욱 하얗게 변했다. 소리조차 내지 않고 문 사장을 쳐다보던 케이가 문 쪽으로 빠르게 걸어가 걸쇠까지 걸고 문을 잠갔다. 순간 문 사장은 당황했다.

'아, 젠장. 퇴로 확보를 못했네.'

아무리 문 사장이 케이보다 건강해 보여도 여자와 남자의 힘의 차이는 크다. 그렇다고 3층에서 뛰어내릴 수도 없다. 당황한 문 사장이 소리쳤다.

"너! 후회할 짓 하지 마! 경고했어!"

"후회는 누나가 하겠지."

케이가 문 옆 수납장에서 무언가를 꺼내는 것을 보고 문 사장의 등 뒤로 식은땀이 흘렀다. 손바닥보다 큰 칼이 케이의 손에 들려 있었다.

"요즘 잘 안 썼는데……. 사람 상대로 쓰는 건 오랜만이네. 누나가 영적으로는 살이나 저주에 아무 영향은 안 받지만 육체는 다르겠지. 찌르면 죽을 테니. 그때 누나 혼을 잡아 사용하면 돼. 필요한 건 여기 다 있어."

케이가 문 사장을 향해 달려들었다. 문 사장이 신당으로 뛰어 들어가 문을 닫았다. 걸쇠가 없어 몸으로 지탱하며 겨우 버티고 있던 그 때.

밖에서 쾅! 쾅! 하는 소리가 들렸다. 그리고 문짝이 떨어지는 소리가 들리며 많은 사람들이 들어온 듯 발소리가 들렸다. 그와 더불어 케이의 비명이 들리자 문 사장은 어떻게 된 상황인지 파악을 못 해 어안이 벙벙했다. 신당 문이 열리지 않게 몸에 힘을 주고 있을 수밖에 없었다. 잠시 후 상황이 끝났는지 밖이 조용해졌다. 그러나 문 사장은 긴장을 풀 수 없어 몸에 계속 힘을 줬다. 온몸에 쥐가 날 것 같은 통증이 올 때. 밖에서 귀에 익숙한 여자의 목소리가 들렸다.

"문 사장님, 나오세요. 김하정이에요."

"하정 씨? 하정 씨가 왜 여길?"

문 사장은 진짜인지 의심이 생겼지만 하정의 목소리가 맞는 것 같아 살짝 문을 열었다. 열린 문틈으로 보이는 건 얼마나 맞았는지 피 칠갑이 되어 쓰러져 있는 케이였다. 깜짝 놀라 다시 문을 닫으려는 그때 하정이 문을 잡았다.

"하정 씨?"

"네, 얼른 나오세요."

"하정 씨가 어떻게 여길?"

하정의 뒤로 예전에 THE MOON과 사당에 들이닥쳤던 남자들이 서 있었다. 하정이 손짓을 하자 남자들이 하정에게 묵례를 한 후 케이를 끌고 부서진 문을 나섰다. 문 사장이 창문 아래를 보니 한옥 마당에 모두 나와 걱정스럽게 위를 쳐다보고 있었다. 일단 문 사장이 다 잘 되었다고 들어가 있으라고 말 한 후 하정을 쳐다봤다. 하정이 문 사정이 묻기도 전에 먼저 말을 꺼냈다.

"저도 좀 알아봤어요. 막내동서 내외를 찾아서 이 집 무당이 껴있다는 걸 알게 되었어요. 내 새끼 잡아먹은 새끼. 오늘 죽여 버리려고 했는데……. 이 새끼가 오늘 약속에 나오지 않아서 혹시 눈치를 챘나 하고 따라왔더니 문 사장님이 있더라고요. 일단 좀 기다렸는데 안에서 죽인다는 말을 듣고 그냥 들어왔죠."

"아……. 네, 정말 고맙습니다. 하정 씨."

"다신 그 짓거리 못 하게 만들어 놓으려고요."

"하정 씨! 케이 저거 위험해요! 몸주신인 악신은 저희가 처리했다 쳐도 케이는 또 만들 수 있어요! 정말 죽이지 않는 이상 못 건들어요. 법으로는 무속의 일을 인정하지 않거든요. 그러니 경찰에 신고할 수도 없어요……."

아이를 잃은 하정의 마음을 이해하기에 문 사장이 말끝을 흐렸다. 그러자 하정이 문 사장의 눈을 똑바로 바라봤다.

"그래도 벌줘야죠. 저런 나쁜 놈."

"?"

경찰차의 사이렌 소리가 들려왔다. 이게 무슨 일이지? 문 사장이 창문 아래를 내려 보니 케이가 수갑을 차고 경찰차에 타고 있었다.

"이게 무슨……."

"김순호 사망. 기도가 막혀 질식사라고 되어있더라고요. 그년도 잘 죽었죠. 아무튼 구토물이 역류할 때 저 새끼가 고개를 위로 돌려 입을 막아 죽였더라고요. 살인죄 성립. 그때 주변에 있던 굿당 악사들이 진술했어요. 원하는 방향으로 설득하는 데 시간이 좀 걸렸지만 역시 돈이면 다 되더라고요. 검안서는… 아시죠? 영진씨 의사에요. 뭐가 되었든… 마음먹으면… 쉽죠."

하정이 마지막 말을 뱉으며 쓸쓸하게 웃었다.

"저런 돈 때문에 내 아들이 죽었어요."

문 사장이 하정의 어깨에 살짝 손을 올렸다.

21.

"결국 저 악신 놈이 말한 대로 되지 않았느냐. '지금 이곳은 신들의 세상이 아닌 인간들의 세상'이라고 나에게 건방 떨더니 제 말대로 인간의 벌을 받게 되었구나."

"꼬숩다!"

준영의 한마디에 다들 웃음을 터트렸다. 산도깨비의 말이 맞다. 인간 세상에서 악신이든, 허주신이든 결국 인간들의 법에 묶이는 것이다. 영혼에 업보가 있다면 육체에는 쇠고랑이 있다.

"그래도 김하정이란 분 대단하네요."

"아! 그건 말이지……."

소영의 물음에 문 사장이 하정과의 대화를 떠올렸다. 케이가 의뢰받기로 했던 호텔 회장이 하정의 아버지라고……. 건너건너 듣던 재계에서 유명한 무당이 외손자의 죽음과 관계되었다는 것을 알고 바로 만남을 주선 받았다고 한다. 워낙 유명한 무당이라 대책 없이 함부로 건들면 안 될 것 같았지만, 자식 잃은 하정이 바로 순호당으로 밀고 들어온 것이다.

그 후 모든 것이 잘 처리되었다. 일단 한옥은 케이의 배후에 있던 큰손님이 손을 떼버려 한옥 주인은 문 사장과 좋은 조건으로 거래를 요청해 왔다. 금전적인 부분은 하정과 영진 부부의 도움이 컸다. 요전 날 번개가 이 집에만 내리쳐 다시 귀신 들린 집이라는 소문이 SNS를 타고 퍼진 이유도 있었지만(준영의 도움이 컸다.), 많은 이들의 협력과 도움으로 산도깨비의 터를 지킬 수 있게 되어 문 사장은 한시름을 놓았다.

THE MOON 가게 카운터 뒤의 쪽문이 크게 열렸다. 며칠간 구멍 난 지붕을 수리하기 위해 인부들이 드나들었고 방 상석의, 나름 막걸리 보관 장식도 더 튼튼하게 보수에 들어갔다.(산도깨비는 구멍 뚫린 집보다 부서진 막걸리 장을 더 아쉬워했었다.)

세 사람과 강아지령 하나가 가게 테이블에 둘러앉아 각자 과자와 음료수를 마시며 불과 한 달도 되지 않은 그 날의 일을 곱씹었다.

"그때 정말 사장님 죽는 줄 알았어요."

"난 정말 그럴 생각이었어."

문 사장이 그 날을 회상했다.

* * *

"산 님, 절 잡으시고 저승 문을 열어 주세요."

"너 그게 무슨 말인 줄 아느냐! 죽는다는 거다! 이제야 사람들 사이에 섞여 들 수 있게 되었는데!"

산도깨비가 뒷말을 흐렸다.

"이렇게 저승길을 가면 그 모진 환생을 살아냈던 네가… 너무 가엽지 않느냐."

소영과 준영, 이들이 영안을 갖지 않은 평범한 사람들이었다면 이렇게 얽힐 수 없었던 인연이었을 것이다. 자신을 눈엣가시로 보지만 신인 할머니와 말을 섞을 수도 없었을 것이다. 이번 생은 아주 만족스럽다 못해 행복하다. 그러니 행복한 이때라면 나의 영혼도 이 허무한 환생의 굴레를 끝낼 것이다.

"제대로 된 벌을 받겠습니다."

문 사장이 단호하게 말하자 다들 더 이상 아무 말을 하지 못했다. 어두운 분위기 속에 할머니가 나직이 입을 열었다.

"너 정말 진심이냐? 스스로 저승 문으로 들어가겠다는 것이?"

"네."

"그렇다면 내가 직접 열어주마! 들어가라!"

할머니의 등 뒤로 어스름한 빛이 문의 형태처럼 드러났다. 옆에서 우는 소영과 준영의 목소리, 안절부절못하는 복이의 몸짓까지 다 듣고 보고 그들과는 반대로 웃음 지으며, 문 사장이 문을 열었다.

"아?"

"응?"

"어?"

차례대로 문 사장, 소영, 준영. 마지막으로 산도깨비의 호통.

"이 노망난 할망구야! 이 상황에 이게 뭔 장난질인 게야! 위쪽 신이 어떻게 아래쪽 문을 열 수 있나 했더니! 이런 사기꾼 같으니!"

"사기? 뭐 이런 더러운 도깨비 주제에 감히 어디라고!"

두 높은 분들이 싸우는 소리에 문을 통과해 그대로… 아무 일도 없이 나온, 살짝 부끄러운 문 사장이 신과 산도깨비 사이에 섰다.

"이게 뭐에요!"

"내가 언제 널 죽인다고 했느냐? 내가 저 도깨비랑 같은 줄 아느냐."

할머니가 소영을 바라보며 말했다.

"문가에 대해 지금 위와 아래에서 판결을 했다. 방금 너희는 문가가 문을 하나 넘어왔다 생각했지만 위쪽과 아래쪽은 이승과는 흘러가는 시간이 다르지. 너희 눈에는 찰나였지만 저 문을 지나는 순간 위, 아래는 문가를 평가하고 판결까지 낼 수 있는 시간이지."

산도깨비가 머리를 끄덕였다.

"그래서 결론이 나온 겐가?"

할머니는 고개를 끄덕였다.

"문가는 위쪽 법도에 따라 수명이 다 하는 날까지 이소영을 흠 없이 지켜내 이소영이 명이 다한 후 위에서 쓰이게 한다. 그리고 수명을 다한 후 아래쪽 법도에 따라 처벌받은 후 저승차사가 된다. 문가의 감시는 저승 도깨비 신장이, 소영이는 내가 맡는다."

"소영이?"

자신은 그렇다 쳐도 소영이가 갑자기 왜 나온 건지 이해가 안 되었다.

"내 자손은 좋은 제자 자질을 갖추고 있지. 인간일 때 흠 없이 덕을 쌓아 생을 보내게 한 후 죽어서 위에서 일꾼으로 쓰려고 한단다."

할머니가 소영을 따뜻한 눈빛으로 바라봤다.

"어렵게 생각 말거라. 짧은 생 너는 그저 인간답게 살면 된단다."

"그게 제일 어려운 일이지. 짐승도 짐승의 길을 넘지 않는데, 인간만이 도를 넘지……. 인간들 스스로만 모를 뿐."

할머니가 산도깨비의 말에 덧붙여 말했다.

"너희가 생을 마치면 우리 또한 이승을 떠난다."

문 사장이 저승길에 오르기 전까지는 산도깨비의 해방은 보류. 소영은 신내림 대신 신줏단지를 모시며 기도와 예를 다하고, 평범하지만 인간의 도를 지켜 생을 사는 것. 준영은 군 입대 전 할머니가 영안을 닫아 주기로 했다. 그때까진 더 열리는 것을 막기 위해 할머니가 눈을 가려 준다고 했다. 처음에는 이대로 지내도 좋을 것 같다던 준영은 문 사장의 한마디에 입을 다물었다.

"군에 귀들 엄청 많아. 너 괜찮겠어?"

* * *

그때의 일을 생각하던 준영이 부럽다는 듯 말했다.

"두 사람은 다음 생에 취업 확정이네요."

테이블 반대편에서 커피를 마시던 두 사람이 웃픈 표정으로 서로를 쳐다봤다.

잠시 후, 먹던 간식을 내려놓고 귀를 쫑긋한 복이가 문 사장의 얼굴을 쳐다보며 말했다.

"곧 손님 오십니다!"

"오냐, 알았다."

산도깨비 터의 아주 예쁜 앤티크 숍. THE MOON.

앤티크 숍 THE MOON

초판 1쇄 인쇄 2024년 3월 05일
초판 1쇄 발행 2024년 3월 25일

글   선우

발행인 윤혜영
기 획 구낙회
편 집 서구름
표 지 도토리디자인
마케팅 김대현

펴낸곳 로앤오더
주   소   (우)04778 서울시 성동구 왕십리로8길, 21-1 2층 201호
전   화   02-6332-1103 | 팩 스 02-6332-1104
이메일   lawnorder21@naver.com
블로그   blog.naver.com/lawnorder21
포스트   post.naver.com/lawnorder21
인스타   @dalflowers
ISBN   979-11-6267-404-8

달꽃°은 로앤오더의 출판 브랜드입니다.

파본은 본사에서 교환해 드립니다.
이 책은 저작권법에 따라 보호받는 저작물이므로 무단복제를 금지하며
이 책 내용의 전부 또는 일부를 이용하려면 반드시 저작권자와
로앤오더의 서면 동의를 받아야 합니다.

ⓒ 이 책에서 사용된 서체는 KoPub바탕체, KoPub돋움체, 한마음명조체, 경기천년
제목체를 사용하였습니다.